南通市海门区总工会 编

中国文联出版社

图书在版编目(CIP)数据

闪亮的坐标 / 南通市海门区总工会主编. --北京:中国文联出版社,2025.9. --ISBN 978-7-5190-6050-3

Ⅰ. I25

中国国家版本馆 CIP 数据核字第 2025D11X63 号

著　　者　南通市海门区总工会
责任编辑　蒋爱民
策划编辑　范军
特约编辑　秦斌华
责任校对　秀点校对
装帧设计　邱华

出版发行　中国文联出版社有限公司
社　　址　北京市朝阳区农展馆南里 10 号　　邮编　100125
电　　话　010-85923066(编辑部)　　010-85923025(发行部)
经　　销　全国新华书店等
印　　刷　武汉鑫佳捷印务有限公司

开　　本　710 毫米×1000 毫米　1/16
印　　张　11.5
字　　数　185 千字
版　　次　2025 年 9 月第 1 版第 1 次印刷
定　　价　68.00 元

序言

在时代奔腾不息的浪潮中，总有一些身影宛如中流砥柱，稳稳地支撑起社会发展的脊梁；总有一些力量，悄无声息却又无比坚韧地推动着历史的车轮滚滚向前。他们，就是我们这个时代当之无愧的英雄——劳模工匠。

翻开这本书，字里行间是他们用汗水与心血谱写的动人篇章。每一位劳模，都在自己平凡的岗位上做出了不平凡的业绩。他们或是几十年如一日坚守在生产一线，以高度的责任心和敬业精神，保障着每一个生产环节的精准无误；或是面对技术难题时，毫不退缩，凭借着对工作的无限热爱和钻研精神，反复试验、不断创新，最终实现技术突破。

每一位工匠，皆有对技艺极致的追求。他们以精益求精的态度雕琢每一个产品，以一丝不苟的精神打磨每一处细节，哪怕微小如毫厘之差，也绝不放过。他们用手中的工具，刻画出工业制造的至臻之美，诠释着“中国制造”背后的执着与匠心。

《闪亮的坐标》不简单记录和宣传劳模工匠和先进劳动者的动人故事、先进事迹，更重要的是以这种形式推动全社会进一步弘扬和传承劳模精神、劳动精神、工匠精神，进一步树立和宣扬“劳动光荣、技能宝贵、创造伟大”的社会风尚。希冀这本书，能让更多劳动者、青年学生从中汲取奋进的力量，让劳模精神、劳动精神、工匠精神在新时代绽放出更加耀眼的光芒。

目录

孟凡挺
普通钳工成了中天顶梁柱

□吕蕾

人生感言

钢是在烈火中炼成的，人是在奋斗中成长的。我始终觉得还有一件事要做——设备可以更稳一点，指标可以再优一分，创新还能更进一步。从原料配比到成品检验，从工艺优化到节能降耗，我们钢铁人永远在追求极致的路上。

在钢铁行业，烧结工序是连接原料与高炉冶炼的关键环节，其稳定运行直接影响钢铁生产的效率与成本。而在中天钢铁集团（南通）有限公司，有一位从基层钳工一步步成长起来的“双师型”人才——孟凡挺。他以“解决问题”为信念，用 20 年的坚守与创新，带领团队攻克了无数技术难题，为企业创造了巨大价值。先后成为全国钢铁工业劳动模范、全国五一劳动奖章获得者。他的故事，不仅是个人的奋斗史，更是一线劳模精神、工匠精神的生动诠释。

孟凡挺的创新意识是在一次深夜故障的抢修中萌发的。2014 年一个梅雨季节的深夜 11 点多，孟凡挺接到车间紧急电话：皮带机因潮湿导致矿粉堵塞，发生了连锁故障。赶到现场时，100 多吨矿粉已堆积成山，20 多名工人正奋力清理。潮湿的矿粉黏附在皮带机下料口，形成顽固堵塞。经过 5 个多小时的抢修，等到恢复生产时已是天亮。当时的孟凡挺内心五味杂陈，在现场埋头修复好故障设备后的他并未松一口气，反倒更加忧心忡忡，他深知如果不从根本上解决问题，类似故障还会重演，当时

的孟凡挺暗下决心“要彻底解决皮带机堵料问题”。

回到办公室的孟凡挺立即投入研究，他查阅大量资料，请教行业专家，并反复试验不同方案。一个月后，他成功设计出“皮带机下料口堵料保护装置”。该装置实时监测下料口状态，一旦检测到堵塞风险，便自动调整运行参数或触发警报，避免故障扩大。这项创新不仅每年为公司节省劳动力 70 多人，减少维修费用近 500 万元，还使设备运转率得到大幅提升。此后，孟凡挺的创新热情被彻底点燃，敢想敢干，勇于创新的他陆续研发出“烧结机回车起拱消除装置”“烧结机点火防撞保护装置”等 35 项国家专利，成为企业技术革新的标杆。

“不管什么困难，总会有解决的办法。”这是孟凡挺常说的话，也成了他的信念。在他看来，每一次故障都是改进的机会，创新不是凭空想象，而是缘于对问题的深入分析和持之以恒的探索。

似高炉经年不熄，终炼就精钢，默默耕耘一线的孟凡挺也迎来了他的试锋重任。2021 年，中天钢铁集团（南通）有限公司烧结项目进入关键

阶段，作为项目组核心成员，孟凡挺每天清晨6点半就到达施工现场。海边的大风裹挟着黄沙，但他无暇顾及，全部精力都聚焦在环冷机的安装精度上。环冷机直径近40米，算上检测仪器安装固定时的误差，环冷机同心度的偏差必须始终控制在2毫米以内，否则会导致设备运行不稳，甚至引发严重事故。为此，孟凡挺联合总包、分包和监理对环冷机中心点进行反复测量、调整，确保了每一个环节的精准度，直至现在设备安全零故障地稳定运行。

新工程建设工期紧、任务重，孟凡挺每天睡眠不足5小时，每天步行超过2万步，劳保鞋都走坏了两三双，但他始终坚守一线，手里拿着图纸和专业测量工具，锐利的目光紧盯着现场设备的安装，严格地把控每一道工艺，每一个重点部位。除了环冷机，孟凡挺对烧结机、主抽风机等关键设备同样一丝不苟。他要求团队，安装前，严格审核图纸，确保设计合

理;施工中,全程监督,杜绝偷工减料;调试阶段,反复测试,不留隐患。正是这种严谨态度,确保了南通烧结项目的高质量投产。在他的带领下,烧结厂生产设备作业率达到99.8%,远超行业平均水平。孟凡挺常在安全会议中强调:“设备管理要以‘零故障’为目标,隐患必须早发现、必要时还要整改闭环。”

如今的孟凡挺已从工匠成长为导师。2022年,孟凡挺劳模工匠创新工作室成立,在这里,他帮团队梳理问题,提供思路,围绕生产中的问题制订详细的实施方案,他不仅带领团队攻关技术难题,还手把手培养青年人才。他常说:“一个人的力量有限,但团队的力量无穷。”多年来,他“传帮带”出130多名技能高手,指导完成大大小小的各项技改360多次,团队先后获评“全国钢铁行业青年安全生产示范岗”“全国工人先锋号”等。

谁能想到,如今的高级技师、高级工程师孟凡挺,2003年刚加入中天钢铁时,只是一名普通钳工。他的成长轨迹清晰而坚定:维修工—维修工长—首席技师—烧结厂设备厂长。每一步都扎根一线,用实干积累经验,用创新突破瓶颈。如今,他正带领团队探索智能化烧结、低碳冶金等前沿技术,为企业高质量发展贡献力量。

孟凡挺的故事,是“干一行,爱一行,精一行”的生动写照。他用20年诠释了什么是真正的工匠精神——不仅是技术的精湛,更是责任的担当、创新的勇气和传承的使命。“我是一名共产党员,我要发挥党员的先锋模范作用,将自身努力融入时代发展,找准方向,创造更大的价值。”在接受采访时,孟凡挺目光坚定。在钢铁行业转型升级的今天,我们需要更多像孟凡挺这样的“匠人”,以创新驱动发展,以实干成就未来。而他,仍在路上,继续书写属于他的钢铁传奇。

王强
刑侦战线上的“鹰眼神探”

□吴璟

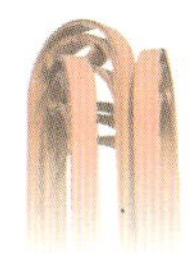

人生感言

正义路上无畏行，因心中有万家灯火明。我们的使命，不是简单的抓捕罪犯，而是守护正义的天平。

他是研判疑难案件的高手，每当遇到大要疑难案件时，同事们都会投来期盼的目光；多少件大案要案成功破获的背后，都有他日夜在一线忙碌的身影。他先后荣立个人二等功 2 次、个人三等功 4 次，荣获全国优秀人民警察、全省政法系统先进工作者等荣誉称号，苦心钻研图像侦查工作法，多次在省市公安“刑侦课堂”上进行技战法讲解。他，就是海门区公安局刑警大队四中队中队长王强。

王强，1998 年毕业于江苏省公安专科学校法律专业，毕业后被分配至包场派出所担任社区民警，负责包场镇东北片互助、兴余等六个村的社区警务工作。他白天入户了解情况，入夜梳理分析，很快熟悉了工作。

1999 年 10 月，王强被调入包场刑警中队工作，严谨细致的他很快成了业务多面手，先后荣获“侦查能手”“十佳刑警”等荣誉。

由于业务娴熟、表现突出，2005 年 4 月王强被调入刑警大队重案中队，参与大要案件侦破工作。2009 年因其沉稳细腻的个性特点，转岗进入刑警大队情报中队，成为第一代专职从事图侦研判工作的民警，他的工作就是从当时尚未普及的监控记录中寻找犯罪嫌疑人留下的蛛丝马迹。

工作时，王强需要对每帧画面进行仔细分析，重点关注案发时段在案发地监控出现的各类人，研判其中行为异常人员，再结合案发地周边现场走访调查情况，和重点人员交通工具行驶轨迹情况，使得证据链环环相扣，最终确认犯罪嫌疑人。

初时很多地方没有安装监控，需要沿着案发地向四周扩散，寻找相关监控点位的具体记录，工作量极大，遇到棘手情况，王强毫无怨言，在电脑显示器前一坐就是一天。

2009 年 10 月至 11 月，海门建筑工地频频发生建筑扣件失窃案件。案件初查没有发现有效线索，王强知悉后，主动请缨，通过对案发工地周边出现的可疑车辆进行追踪，继而确认了嫌疑车辆和犯罪嫌疑人，一举破获建筑扣件失窃系列案件，案值 20 余万元。

2015 年 3 月，耿某某无故失踪，到 4 月底依旧杳无音信。家属向警方求助，只提供了耿某某骑电动车从家离开的时间。通过沿途视频跟踪，发现他最后消失在三和初中南侧。经调查，耿某某前同事李某某暂住该地点。耿某某失踪后，李某某也不知去向。警方深入侦查后，判断耿某某

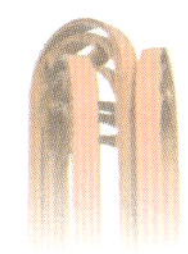

有遇害的可能，但找不到尸体无法立案，也就无法采取侦查措施。

王强作为专案组核心成员，负责图像侦查工作。在之后的一个月里，他每天工作到半夜，以李某某暂住地为中心点，对外进行图像辐射，逐一比对分析进出该区域的可疑人员和车辆，寻找破案的蛛丝马迹。可线索犹如大海捞针，傍晚时段车流量和人流量大，图像模糊，特别是车辆人员进出时速不同，增加了识别难度。

在对比了两万多条数据后，王强终于发现耿某某失踪当天晚上，李某某三次骑电动车去了三公里外的小树林。5 月 20 日，根据王强通过视频侦查发现的情况，警方在小树林的土坑里挖出了受害人耿某某被肢解的尸体，为案件成功告破奠定了坚实基础。

随着时代进步和技术发展，很快图侦工作进入了第二个发展阶段。通过图侦研判知悉有效信息后，此时公安机关更加注重图侦和技侦的密切配合，通过对犯罪嫌疑人及交通工具运动轨迹的研判，加上对犯罪嫌疑人遗留生物检材的化验与分析，最终将狡猾的犯罪分子“请君入瓮”。最初大队专职从事图侦工作的仅有王强一人，寻人、寻物、办案、安保、维稳等各项工作，忙得连轴转，此时中队已发展到了四名民警和六名辅警，各基层派出所都有专门的图侦队伍协助工作。

2017 年后，随着人脸识别技术的广泛运用，工作形势面临着新变化。嫌犯身份快速被确定，为缩短办案时限发挥了重要作用。

2022 年 1 月，三厂工业园区一家金店发生失窃案件，深夜被窃价值 200 余万元的金饰。案发后，王强和侦查员迅速赶到现场，发现狡猾的犯罪嫌疑人是揭开金店临时建筑屋顶潜入店内的，进店后又第一时间切断了店内监控电源，最后监控画面只留下两只自上而下的脚。案发后，四周监控未能捕捉到有效信息，王强毫不气馁，熬红了双眼，终于在一偏僻小路附近监控中捕捉到了嫌疑人驾驶车辆的踪迹。原来作案得手后，嫌疑人特地走人迹罕至的小路，试图躲避警方追踪。经过连续 72 小时的缜密调查，背负巨额赌债铤而走险的启东籍嫌疑人落网，案件成功告破，涉案金饰完璧归赵。

同是 2023 年，三星镇连续发生了两起金店失窃案件。一名犯罪嫌疑人得手后，迅速潜回山东老家，从案发到成功告破不足 24 小时。另一起案件中，犯罪嫌疑人用偷来的小面的撞毁了金店大门，而后迅速从店内拿走了价值数十万元的金饰。岂料，刚销赃了数件，就被循踪而至的王强和同事们寻“味”而来。

在长期的视频侦查破案工作中，王强通过实践积累了丰富经验，总结提炼了如何在监控视频中发现嫌疑人的图像、如何结合其他侦查手段确定嫌疑人身份、如何为抓捕嫌疑人提供支撑和帮助与如何为案件调查取证、审讯深挖等一整套的视频侦查工作技战法。5 年多来，王强共参与破获盗抢骗刑事案件 1000 余起，其中省厅挂牌案件 2 起、南通市公安局挂牌案件 5 串，抓获各类犯罪嫌疑人 200 余名，追缴赃款赃物价值 2000 多万元。

二十六载从警生涯，对王强来说，是一个又一个疑难大案的告破，是一个又一个不眠之夜的重叠，是反复拖拽的进度条，是千万小时的视频资料里几个罪恶的身影。任劳任怨、执着坚毅、无怨无悔，王强用一双深邃的眼睛在无声世界里播洒着正义的阳光。

张炳华
身怀绝技的“超级校长”

□钱艺林

人生感言

智慧管理体现在完善的管理制度与机制上，体现在依靠校长的观念、人格、能力所凝结成的学校文化上，体现在用人、用权、运筹、创新等方面。

在海门教育界有这么一位老校长：他动过三次大手术，胃被切除了四分之三，身高 1.8 米，体重还不足 120 斤，经常靠输液维持体力，但他不但把一所三流学校办成了名校，同时还办成了近十所学校，成立教育集团；他不但办成了老百姓高兴、社会赞同、学生喜欢的高质量学校，还办成了学生德智体美劳心全面发展的学校；他不但办了几十年的初中，近些年还办起了幼儿园、小学、初中、高中等全学段的 K15 学校。

他就是张炳华校长——教育管理领域身怀绝技，在全省乃至全国泰山北斗级的"超级校长"。如今，他退休不退岗，担任民办的中南东洲国际学校总校长一职，利用自己丰富的教育经验和不凡学识，继续为海门教育事业发光发热。

张炳华的父亲是一位老教育工作者，曾担任海门第一所农村中学的校长，领回过由省长亲笔签名的嘉奖令。张炳华说，"在教育这条道路上，对我影响最大的是我的父亲"。1972 年 8 月，张炳华以代课教师的身份走上教育岗位。1987 年，他从一个乡村代课教师成为县数学学科带头

人，被提拔为一所农村中学的副校长。后来，组织上决定调他担任县政府人才规划办公室负责人，但离开了教育，他就像失去了精神支柱似的，在他的再三请求下，领导不得不让他返回学校。这次，他来到了东洲中学——当时被认为是“海门最差学校”。学校的筹建办公室设在一个不足10 平方米的简易工棚里。在这里，张炳华度过了 100 多个口口夜夜。材料不足时，他四处“化缘”，甚至带头在校区四周捡碎砖；资金短缺时，他垫出了妻子积攒很久准备买冰箱的 3000 元钱；施工进度太慢，他挽起裤管，跳进深秋的淤泥中，挥锹挖泥……终于，崭新的东洲中学在昔日荒寂的城郊拔地而起。

学校是盖起来了，招生工作又成为摆在张炳华眼前的一座大山。由于是海门镇中的重建学校，社会评价极低。第一年，东洲中学计划录取

400 多名学生，可真正报到的只有 232 人。为此，张炳华提出了“三三计划”。第一个三年计划是实现在两所老完中的“夹缝中求生存”，积蓄办学力量；第二个三年计划是“夹缝中谋发展”，在前面三年的基础上争取实现招生、升学、社会评价等方面的提升；第三个三年计划是“夹缝中争高低”，有能力与两所老完中比拼教育教学质量。面对旧的教师班底，散漫无斗志，张炳华在全校大会上为教师擘画了一张蓝图：东洲中学以后不但要成为海门的一流学校、江苏的一流学校，还会成为全国的一流学校。并规定自己“转三转”，就是早晨、中午、晚上，必定在校园里转三圈，风雨无阻。他每天总是最早到校，最晚离校。

康德在《判断力批判》中说，就人类知性而言，对事物的现实性和可能性所做出的判断和决策的不同，正是决定人之本身优秀与否的重要标

准。不到九年，东洲中学既定的计划全部提前实现。自 1993 年起，东洲中学连续四年被评为江苏省模范学校，并荣获全国推进素质教育先进单位、江苏省德育先进学校、江苏省现代化示范初中等荣誉称号。张炳华也获评江苏省先进工作者、全国名校长、全国推进素质教育先进工作者等一系列荣誉。

后来，以东洲中学为起点，在短短的 30 多年间，张炳华一手创办、发展、壮大了东洲中学，开发区中学，实验学校初中部，东洲国际学校，中南国际小学，中南东洲国际学校初中部、国际高中部、专修部。辐射全国，蜚声中外。20 世纪 80 年代，他就开始了学校心理教育，90 年代就走国际化办学路线，这些三四十年后才为人所津津乐道的都是他曾经“玩儿剩下的”。

张炳华不只把目光局限于海门地区，还把这种爱洒向了全国各地。自 1993 年开始，张炳华主持面向外地学生的“希望工程计划”，在汶川地震后不到一周时间，学校动员一切资源自发接纳 106 名理县初中生来校学习。前后筹集近 500 万元资金来解决孩子们的吃、住、穿、行、学等一切费用，在阿坝州成为佳话，后被拍成由斯琴高娃主演的电影《爱的延续》。

一路走来，在 50 多年的从教生涯里，张炳华一直在行动上继承与发展着父亲的教育理想与信念。当有人询问他办学成功的秘诀时，他说：“我是一个普通平常的人，我有点傻傻的执着，认定一件事情就一定要把它做好。”

周虎
用生命守护城市安全

□陆漩波

人生感言

应急管理工作最忌讳纸上谈兵，不到一线去，怎么能掌握第一手的信息，怎么能积累最实用的经验？认真是做好一切工作的基础，共产党人最讲认真。

2022 年 11 月 6 日晚上，海门区应急管理局原党委书记、局长周虎在应急值守总值班期间突发脑溢血，猝然倒下。在经历了 130 多天的煎熬后，这位一心守护城市安全的应急人溘然辞世，再也没能看到自己守护着的万家灯火。

周虎走了。他把自己的生命留在了挚爱的事业中，用自己的精神铸成一座丰碑，向人们讲述那些在急难险重岗位敬业履职的故事。周虎的逝世，让很多人无比痛心，不敢相信，也不愿相信。因为印象中，他永远冲在第一线、永远站在最难处。

同事手机里的一张照片记录着周虎在抗灾一线指挥的身影。他身穿雨衣、脚蹬雨靴，胸前绑着探照灯，迎着风雨站在一处码头上。那是台风“梅花”来袭，他在现场指挥数千艘渔船安全进港避风。周虎本就身材高大，这风雨中岿然的身影让人顿感心安。

周虎就是这样，凡事都会冲在前。2021 年 4 月 30 日晚上，海门遭遇了历史罕见的强风天气。那天，周虎正在南京开会。回海门的路上，周虎获知信息，立刻通知单位值班人员前往海门港新区，他知道那里的风力最大，千亿级中天绿色精品钢项目正在建设，数千名工人需要安顿或转移，周边的渔船需要回港，渔民需要妥善安置。他自己顾不上回家休整，沿着高速直奔海门港新区。当天晚上，周虎就组建了救援突击队，紧急调拨了帐篷、床、睡袋、水、食物等应急物资送到企业、工地，送到群众手中。同时，核灾减灾小分队也已深入受灾群众家中，一边核实受灾情况，一边帮助群众申请救灾款，减少损失。等忙完这些，周虎才缓了口气，发现自己早已饥肠辘辘，上一顿饭还是十多小时前吃的呢。强风导致电力受损，他只能借用一家企业的小厨房，摸黑煮了碗面填填肚子。

冲锋在一线，不仅艰苦，有时也要冒着生命危险。2014 年，三厂工业园区一家化工企业发生爆炸，明火虽然已经扑灭，但车间内还剩多少化学物料？反应釜的情况怎么样了？会不会发生二次爆炸？谁也不知道。现场一片漆黑，电源已经切断，周虎与安全专家一起，举着防爆手电走进现场查看。他们发现，三个反应釜中，一个已经冲料燃爆炸毁，另外两个反应釜的制冷保护也已损坏、反应釜有轻度裂缝，温度已经上升到 40℃左

右，如果达到 50℃，就会发生二次爆炸，必须立即处置。周虎与安全专家现场会商，在最短时间内确定了两步走的处置方案。

时间一分一秒地过去，经过 12 小时的连续奋战，剩余化学品被成功处置。走出现场时，大家才发现，身上的衣服已经一片褴褛，裸露在外的皮肤被空气中的化学成分灼伤，火辣辣地疼。一种劫后余生的欣喜感油然而生，万幸，他们应对得当，现场没有发生二次爆炸，周边老百姓没有遭受更大的损伤。

这些年来，不少人劝过周虎，作为海门区应急管理局的当家人，在办公室坐镇指挥就可以了。但周虎不同意，到一线去是他始终坚持的工作原则。周虎说，应急管理工作最忌讳纸上谈兵，不到一线去，怎么能掌握

第一手的信息，怎么能积累最实用的经验？认真是做好一切工作的基础，共产党人最讲认真。

周虎把所有的心思都放在了工作上。他提出了“安全为天，服务为本”的核心价值理念，坚持“人民至上，安全至上”，为全区经济社会发展筑牢安全底线。周虎打造出了“安全海门”全民文化建设模式，海门由此成为全省安全文化建设的样板，受到全国总工会、国家安监总局的联合表彰；他带领的团队获评全国安全监管监察先进单位，个人获得区级以上表彰13次……一份份荣誉，记录着周虎的探索与成功，也印刻着他的辛勤与付出，更描绘出了海门高质量发展的安全底色。

正是因为时刻绷紧了安全这根弦，海门的发展步伐才迈得如此坚定有力。然而对于周虎来说，也是因为时刻绷紧了这根弦，他默默承受了太多。这么多年来，周虎全年365天，每天24小时，都处在随时随地工作的状态。有时半夜接到电话，他便再也无法入睡，严重的时候甚至需要服用助眠的药物。但因为担心形成药物依赖，他便硬扛着，与失眠作战。

身体的预警已经发出，可惜这位身经百战的老将，对自己实在太怠慢了。或许他也意识到身体健康出现了隐患，但总觉得可以缓一缓，再缓一缓，等他把更重要的事情处理好，再来眷顾自身。

周虎排除了一个又一个安全隐患，以自己的生命守护着全城百姓的生命，也用这无比的敬业与奉献，让生命得以厚重、隽永，打破了时间的桎梏，在人间留下一曲绵延的赞歌！

杨立娟
“枫桥经验”的江苏践行者

□徐新

人生感言

柔情打开千把锁，法理催开万朵花，纷争无情人有情，扎根基层为人民。矛盾调解是一门艺术，只有抓住矛盾核心问题、破解关键难题，设身处地站在当事人的立场上思考问题，与当事人共情，才能打开心结、促成和解。

走进海门区常乐镇杨大姐工作站，一面面感恩的锦旗、一块块闪亮的荣誉牌、一本本厚厚的笔记本映入眼帘，它们静静地诉说着杨大姐为民调解的众多故事，见证着她一心为民守护公平正义的点点滴滴，也生动诠释着一名退休干部为民服务的优秀品质。

杨大姐，是常乐镇原人大主席、分管政法工作的杨立娟，2012 年她光荣退休。镇党委考虑到她熟悉基层工作，有深厚的群众基础，处理群众矛盾纠纷很在行，于是留用她继续发挥余热，做群众矛盾纠纷的调处工作。2017 年，为其量身定做打造了杨大姐工作室。杨立娟凭着一腔热爱和一颗诚心，为群众“调”出了和谐，“解”开了疙瘩，也渐渐成为群众信赖的“杨大姐”。她白天工作，晚上回家做好化解矛盾纠纷事件的工作笔记，迄今为止已记了 17 本，约 70 万字。杨立娟笑着说：“我时常要翻一翻，案件调解进展到哪里、哪个当事人需要回访、哪些案件比较典型，都要再进行梳理，经常翻阅研究并进行回访和反思，努力把‘矛盾纠纷清单’变成满足群众需求的‘和谐平安账单’。”在此基础上，杨大姐创立了行之有效

的“三心三意”矛盾调解法，简言之就是秉持初心、耐心、公心对待矛盾调解过程，带着诚意、善意和暖意帮助当事人解决难题。随着杨大姐的名气越来越大，不少群众慕名而来，寻求她出面排忧解难。

虽然杨大姐工作室深得百姓信任，但由于工作室在镇上，对于很多村民来讲，反映问题还是有诸多不便。随着经济社会的快速发展，各种新型的群众矛盾隐患日益显现，土地纠纷、邻里纠纷、家庭纠纷等时常出现，仅凭“杨大姐工作室”，显得力单势薄，忙不过来。为了推动基层社会治理持续向好，2021 年常乐镇将“杨大姐工作室”升格为“杨大姐工作站”，同时向最基层延伸，打通矛盾纠纷化解的“最后一公里”，在全镇 25

个村居陆续成立“杨大姐工作室”，将一批有志于矛盾调解工作的退休党员、“五老”人员、在职村干部、网格员等吸纳进来。

为提升调解人员的能力和素质，“杨大姐工作站”义务为村民进行普法宣传、调解纠纷，同时通过“结对子”的方式，手把手对每个村居的“法律明白人”进行“传帮带”。经过 4 年多的不懈努力，如今的常乐镇法治队伍不断壮大。“我们还不定期通过开设讲座、案例分享等方式推广经验，以‘传帮带’的形式，提升村级工作室调解员的专业能力，更好地将矛盾控制在萌芽状态，真正形成了‘小事不出村，大事不出镇’的矛盾调解机制。”杨立娟说。近年来，“杨大姐工作站”与“杨大姐工作室”上下联动，累计接访群众 5300 多人次，参与调解各类矛盾纠纷 2250 多起，重大矛盾纠纷、复杂疑难矛盾 180 余起，调处率 100%，调处成功率 99%以上，且未出现一起因群众不满意而重复来访的案例。他们创新基层治理的解忧“妙方”，为常乐镇经济社会稳步发展奠定了坚实基础。

就在我们去“杨大姐工作站”采访时，杨立娟和工作站的陶文康、高新元、张琰等还在复盘前一个月在某公司发生的一起纠纷案。2024 年 12 月，一公司厂区内要搭建彩钢棚，这个项目被承包给了三星镇某包工头。该包工头运来了两台升降机同时作业，两台升降机之间由电线连接。在一次施工时，前面那台升降机先行移动，而后面升降机上的工人尚未准备好，连接的电线将后面的升降机拉倒，工人摔落后抢救无效死亡。事发当晚，死者亲属数十人聚集在厂区要求追究责任并赔偿。杨立娟等人获悉后，立即前往现场，发现激动的死者家属已将公司围堵起来，双方吵得不可开交。因为包工头拿不出那么多钱来赔偿，家属便转向公司索赔，但公司负责人认为责任不在他们。矛盾随时可能升级。杨立娟一行迅速将双方分开，一边耐心倾听死者家属的诉求，苦心婆口地劝说他们用法律手段维护自己的权益，一边邀请了区大调解中心一起来协商拿出完善的方案。经过四天的紧张工作，多方协调终于达成了协议，由公司先替包工头赔付 150 万元，再通过法律手段对包工头追偿，一起亡人事故引发的纠纷终于得以平息。死者家属处理完后事后，送来了一面锦旗，上书“尽职尽责暖人心，严谨高效办实事”。

从“杨大姐工作室”到“杨大姐工作站”，杨立娟始终本着“民生无小事，百姓大如天”的理念，做到群众矛盾诉求“事事有回音，件件有着落”，坚决维护百姓的合法权益。“在调解中，我始终坚持‘公平、公正、自愿’的原则，秉公办事，只有把群众的事当成自己的事来办，才能达到稳定辖区、温暖人心的目的。今后，我将继续做好群众贴心人，将矛盾纠纷化解在萌芽阶段，为乡村振兴贡献力量。”

践行“枫桥经验”的“杨大姐工作站”，调解的是矛盾，温暖的是人心，和谐的是邻里，稳定的是大局。他们书写了一个个基层社会治理的鲜活故事，架起了一座座党群“连心桥”，让平安和谐更加清晰可见、真实可感。杨立娟获得江苏省优秀共产党员、江苏好人、南通市十佳调解员、海门区首席法律咨询专家等称号，同时“杨大姐工作站”获得崇启海十佳离退休干部志愿服务品牌等多项荣誉。

杨峰
助力中天成为江苏幸福企业

□陈蔚蔚

人生感言

从领导角色来看，三级领导自己干，二级领导带着大家干，一级领导放手让大家干。

“我进厂后，几个志趣相投的同事组建了一个足球队。为了让球队能正常地运作起来，我们解决了三个问题，第一，我们的成员有哪些？第二，球队如何正常运行？第三，球队未来的目标是什么？管理真正面对的是人，人与人之间有太多不确定性，所谓的管理，是体现在整个架构之上的规则，三五人也好，还是三五百人，或者三五千人，都是这样。”作为全国优秀工会工作者的杨峰对管理之道深有体悟。

2023 年 3 月，江苏产业转型升级龙头项目——中天钢铁集团(南通)有限公司经过 18 个月的建设，一期一步工程在海门港片区正式投产，面朝大海，春暖花开，8500 多名员工投入发展新质生产力实现高质量发展的火热实践中，昔日的荒滩变成了一派火热生产的热闹景象。

43 岁的杨峰从中天钢铁集团常州公司调任来到南通这片土地，被任命为中天钢铁集团(南通)有限公司总经理助理、党委副书记、工会主席。党群事业对一个超大型企业来讲，是极重要的管理类岗位，目的是通过加强党的基层组织建设，进一步调动干群干事创业的积极性、主动性和创造性，助力企业形成发展强大合力。

“我是一个理工生，从大学毕业一直在基层工作。对做好现在工作的

理解,我想我要感恩于那些在踢球中不断悟出来的道理。”与笔者谈到管理时,杨峰很开心地聊到他的爱好——足球。他们的足球队管理采取了三个办法:首先,实行会员制,缴纳少量的会费,主要是让大家珍惜这样的团队;其次,建立激励机制,比如评选全勤球员、单场最佳球员、最佳战术等,激励大家认真训练,认真比赛;最后,制定球队短、中、长期目标,对大家的特点进行引导、规划,在逐步规划目标中实现不断进步。

相比火热的一线生产经营,党群工作有它的特殊性,有时落脚在思想上、有时落脚在具体的工作中,介于理论和实操之间。作为区产改工作的试点单位,杨峰带领党群条线培育总结出“职业三通道”“雁阵沙龙”“青苗计划”等产改特色亮点。“职业三通道”即打通技术、技能与管理三类通道,每个通道各有 15 个等级,通道与通道之间人才互通,让很多年轻人在本职岗位上通过不断精进,获得更多上升机会;“雁阵沙龙”即以实战课题为载体,打破专业、部门和领域,可以进行自由组队,鼓励揭榜

挂帅，注重人才实战，形成头雁领飞、群雁齐飞的人才矩阵；“青苗计划”是针对新入职人群和储备人才，在新员工职业规划的初期，组织相关训练营。培养他们从技术、技能、管理等条线不断增宽知识面，做好未来职业规划。除此之外，在杨峰的大力推动下，中天钢铁集团（南通）有限公司开展了年度车工、电工等技能竞赛活动，营造比、学、赶、超氛围。目前，中天钢铁集团（南通）有限公司已有 600 余人通过竞赛、比武和竞聘等形式走上工班长基层领导岗位，部分优秀职工还荣获“全国五一劳动奖章”“江苏省劳动模范”等国家、省、市、区各级荣誉称号。

“从领导角色来看，三级领导自己干，二级领导带着大家干，一级领导放手让大家干。”杨峰说，从理论到实践，管事和管人，各有不同的挑战。2007 年，中天钢铁集团常州公司进行转炉炼钢项目，杨峰临危受命项目经理，从大学的电气专业到学齐水、电、风、气、土建、钢结构、设备、安装、机械、液压等各个专业知识，杨峰把头发干白了半边。2008 年，雪灾、5·12 地震、金融危机等不利项目建设的因素多重叠加，杨峰顶住了

巨大压力，把项目管理做到极致。然而，从个人事业发展的初期蝶变中蜕化后，杨峰说，真正的管理是要培养好人和队伍，既要管好事，更要管好人。

青年人才是企业发展生生不息的力量。“与年轻干部交流时，我常希望大家要具备两种能力，一个是降维打击能力，另一个是超前思维能力。一个是高度，另一个是广度。”杨峰说，因为思考，人类站立于食物链的顶部。在与年轻同志在一起时，杨峰说，无论是项目管理还是踢足球，想要获得冠军，都要分析对手、分析困难，从建立信心到树立信念再到形成信仰，只有不断学习，让自己不断地进行知识储备，才有可能把所有的困难抛在身后，“会当凌绝顶，一览众山小”。

滨海的中天钢铁集团（南通）有限公司规划钢铁总产能 2000 万吨，如何让这么一个巨无霸团队充满激情、充满创意、勤劳勇敢？到任后，杨峰带着团队实践探索的“151”党群管理法：围绕一个目标，为企业发展聚力，为成就职工护航；打造五个平台，分别是思想引领平台、价值创造平台、权益维护平台、幸福提升平台、活力运行平台；实施一个管理模式，积分绩效智慧化管控模式，用小积分管好大队伍。

工作法的实施加速了集团、公司产改工作走向纵深，助力集团获得了省“幸福企业”、全国“模范职工之家”、公司获得了全国“五一劳动奖状”等荣誉。杨峰主导创建的“智慧党群”软件平台帮助职工实现足不出户线上办理业务，打通了服务集团产业工人的“最后一公里”，并逐步打造职工“职业生涯积分体系”，充分发挥产业工人的能动性，提升全面职业素养。“‘151’党群管理法助力中天钢铁产改提档升级”获评江苏省“庆建党百年·推动新时代党建带工建创新发展”典型案例。

管理做到最高阶必然是有形内化为无形，在规则内的范围内，企业实现健康运转，管理者得到更多的时间成本，可以构思和考虑更多的创新突破点和未来的发展。采访结束时，杨峰和笔者说，这是他努力的目标。

林莉
17 年办案千件的女检察官

□陆驰

人生感言

用心用情办好群众身边每一个“小案”，方能彰显检察温度，这就是我们工作的意义所在。

17 年，让一个青涩少女完成了从政法院校学生到检察院的书记员、检察官助理再到员额检察官的转变；一路成长历练，成为检察院最年轻的中层干部，直至单位领导班子成员；先后获评全省检察机关守正有为检察人、全省检察机关扫黑除恶专项斗争先进个人、全省检察机关刑事审判监督优秀个人、南通市检察机关新时代最美检察官、南通市政法系统十大平安卫士等多项荣誉称号。

17 年，她经手办理了近千件案件，跨国特大贩卖毒品案、境外电信网络诈骗案、海门首例非法获取计算机信息系统数据案……她审阅过的卷宗可以铺满整个操场。对法治的感悟，对正义的守望，是她乐此不疲的追求。用她的话说——“我来对了地方”。

她就是海门区人民检察院检委会专职委员、第六检察部主任林莉。

时间回到五年前，在海门及周边地区发生了一桩轰动事件，上海信崇公司在未经国家有关部门批准、无证无照的情况下，以高利息为引诱，采取债权转让模式进行自融，设置四种“理财产品”。众多市民趋之若鹜，涉案资金 33 亿元，案发时超过 6.28 亿元本金无法归还，参与群众达 6000 余人。讨还公道，惩罚罪犯，追回损失是群众的迫切愿望，众人期盼

的眼光转向了政法部门。

林莉临时接受海门检察院指派，担任该案公诉人。182 本卷宗堆积如山，该案将公开开庭，届时将全程公开直播……林莉顿觉肩上的担子重如千斤。她连夜从法院调回几十本卷宗，从头到尾一遍遍梳理证据，推演庭审方案，准备数万字的举证预案，完善公诉意见书，制作庭审 PPT，连续加班加点。功夫没有白费，庭审很顺利，她带领公诉团队精准指控犯罪，有理有据地应对辩护律师提出的各种质证、辩论意见，旁听人员不时爆发出热烈的掌声表达对公诉人的敬意。庭审后，面对鲜花和掌声，她只是淡淡地说："办理了疑难复杂的大案要案，让我更加感觉到在追求公平正义的道路上，要用全力、求极致。"

2021 年以来，为依法惩治网络犯罪，特别是人民群众反映强烈的电信网络诈骗、网络暴力犯罪，在院领导支持下，林莉带领部门成员组建了专业化办案团队，提前介入涉外电信网络诈骗案，依法对顾某某等人作出追捕决定，先后向法院提起公诉 100 余人，均获法院判决支持。2024 年，在办理一起危害社会秩序的网络侮辱案时，积极推动自诉转公诉，多次联合行政机关共商网络监管相关难点问题，案件通过中央电视台《法治在线》栏目报道，办案经验获最高检肯定转发。

这是一起普通的故意伤害案件，江某与杨某系工友，双方因琐事发生争吵，江某随手持工作时使用的刀具刺向杨某，造成杨某轻伤一级。案件移送至检察院后，林莉发现被害人家庭经济条件困难，案发至今，犯罪嫌疑人未进行民事赔偿，考虑到双方是工友关系，事情起因是生活琐事，二人之间并无深仇大恨，且犯罪嫌疑人有赔偿意愿，案件具有刑事和解基础。

林莉多次电话联系沟通，希望双方能达成和解，但是双方提出的赔偿数额差距较大，调解工作一度陷入僵局。林莉没有放弃，她一方面对杨某耐心安抚，释法说理；另一方面对江某阐明其行为的社会危害性及给被害人家庭造成的严重伤害。经过两周的努力，30 多个电话的沟通、2 次当面调解，最终工作取得实质性进展，犯罪嫌疑人和被害人对赔偿达成一致意见，杨某对江某的行为表示谅解，并签下了谅解书。随后，检察机

关以江某构成故意伤害罪，有自首、赔偿并获得谅解等情节，依法向法院提起公诉。

林莉说："用心用情办好群众身边每一个'小案'，方能彰显检察温度，这就是我们工作的意义所在。"

为加快刑事案件诉讼效率，林莉注重守正创新。在院领导支持下，对内组建了简案快办团队，对外不断加强公检法司协作配合，规范推进侦查监督与协作配合工作机制，实现简案快办、繁案精办。自认罪认罚从宽制度实施以来，海门院各项工作质态获上级院肯定，多篇工作经验被《法治日报》等主流媒体刊发。

近年来，上级检察机关强调"治罪与治理并重"，为推进落实最高检

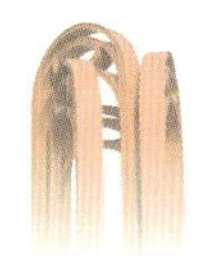

检察建议，林莉牵头先后与邮政管理等部门制定共守寄递安全工作机制、与应急管理部门共建安全生产实施方案、与民政等部门签订维护老年人合法权益联合意见，多次举办座谈会、检察开放日，积极参与社会治理，取得较好成效。部门牵头筹建的禁毒教育基地自开放以来受到群众一致好评，成为中小学生打卡胜地，每年接待学生、群众达 500 余人次。

各种司法解释不断更新，如何学以致用、学用结合，是法律人一生的修行。因此，林莉十分注重自身及团队综合素质提升。“多幸运，我有个‘我们’。”林莉笑着对记者说，在林莉成功的背后，有一个团结协作、携手共进的团队——普通犯罪和重大犯罪检察部。近年来，在她的努力下，部门撰写的多篇案例入选全省典型案例，多篇工作经验材料被最高检、省人民检察院录用，仅 2024 年就有 50 余篇宣传文章被《检察日报》《法治日报》等主流媒体报道。第一党支部打造的“守正有为”刑检先锋队党建品牌获评区级机关优秀党建服务品牌，部门连续多年获评全区人民满意政法单位等优秀称号，12 名干警获得国家级、省级、市级荣誉。

林莉坚信：简单的事做好了就不简单，平凡的事做好了就不平凡。在惩恶扬善的道路上，林莉立志以奋斗为阶梯，以忠诚作底色，高质效办好每一个案件，努力让人民群众在每一个司法案件中感受到公平正义。

孔国照
向海而生的“大国重器”研发者

□陆新华

人生感言

能够为国家的船舶事业做一些贡献，我无比自豪。面对未来更多的机遇与挑战，我将继续坚持实干本色，秉持苦干底色，打造巧干特色的工作作风。

2023 年，招商局重工（江苏）有限公司职工孔国照被授予“江苏省十佳文明职工”“江苏省五一劳动奖章”荣誉称号。2023 年 4 月 17 日，孔国照参加了江苏省工会第十五次代表大会，并作为南通市唯一的“江苏省十佳文明职工”上台领奖。孔国照难以掩饰激动的心情，但激动之余，更多的是理性：“这是对我过去的肯定，更是对我未来的鞭策。一个人的成功不算成功，一群人的成功才是真正的成功。我感觉自己肩上的担子更重了。”

记者见到孔国照时，他和同事正在检查由招商局重工完全自主研发设计并建造的国内首制 1600T 风电安装平台项目的舱壁结构。他介绍，这个项目主要用于海上风电机组设备及基础施工，可实现海上风机从码头基地到施工现场的一体化运输，以及海上风电的安装作业，同时可以在平台甲板上拼装风机设备。“这个平台是国内首个入级 CCS 和 BV 双船级的风电安装平台，设计团队克服了双船级之间的规范差异，仅用 4 个月就完成了项目设计送审工作，为项目按期交付打下了坚实基础。”孔

国照说。

虽然主要负责海工装备的研发设计工作，但作为结构及舾装专业的高级工程师，孔国照在船舶建造完工交付前，也要不定期和团队主要成员一起到主甲板、机舱、生活区集中巡检，查找设计问题、追踪工作进度，并与施工人员进行交流，解决现场施工过程中出现的问题。因船舶较大，全部检查下来，往往需要两三个小时。尽管没到炎炎夏日，但孔国照额头早已布满了细密汗珠。

除开项目现场，孔国照平常待得最多的地方就是邮轮研发中心。在这里，他带领团队积极探索、认真实践、勇于创新，形成拥有自主知识产权的船型设计研发创新队伍，拓展产品种类，为招商工业拓展海工装备市场提供有力支持。

“世界上绝对没有白来的成功，成功的人一定付出很多，成功其实就是付出！”孔国照是湖北天门人，1985 年出生的他，话虽不多，但说出来的话都很有见地。当记者问起：“一下子收获了两项省级荣誉，你是怎么做到的？”孔国照略加思索后说：“沉下心来做事才能有收获。”“那你是怎么做到沉下心来的呢？”“我想这是一种对人生的领悟。我 2006 年刚参加

工作时也有些浮躁,但我遇到了一位前辈,他告诉我,想要成就一番事业,必须要踏踏实实,耐得住寂寞,心浮气躁是成不了大事的。”在前辈的指引下,他养成了脚踏实地、认真做事的性格。

2013 年,孔国照加入了招商局重工(江苏)有限公司,这个极富创新的团队让他找到了感觉。办公室的灯光见证了孔国照的付出,他是大专毕业,他利用业余时间提升自己,攻读了自考本科并获得了学士学位,后又攻读了硕士学位。很多年轻人在放松休闲的时候,他都在捧着书“硬啃”。

在工作中,孔国照比任何人都专注,比别人花更多的时间去琢磨如何高质量完成任务。他参与了公司多个重大项目的设计研发,包括我国首艘“极地小型邮轮设计建造关键技术研究”以及“400 英尺自升式钻井平台”“CM-SD1000 型中深水半潜式钻井平台”的设计研发,这些都是开创性的项目。不会,他就向其他设计师请教,和他们交流探讨。

超出常人的付出让孔国照渐渐地成长成熟,从一名普通的船舶结构设计师到独当一面的技术中心结构室主任,他具备了带领团队的能力,扛起了技术创新的大旗。这些年,他牵头主导了多个海工项目的研发设计,其中主导的“10MW 浮式海上风电基础平台设计研发项目”“国产化铝制直升机平台模块项目”填补了公司在该领域技术研发及建造的空白。

记者细数了一下,这些年来,孔国照带领团队完成设计与研发的大型海工项目就有 20 多个，其中 10 多个是国家级、省级、集团级的项目，可谓“高、精、尖”，填补了诸多国内、行业、集团空白。

“设计研发不可能一帆风顺，尤其是在推进海工装备国产化进程中，遇到了很多困难。但我们始终抱着‘付出总有回报’的信念进行攻关，一项项标准、一个个专利、一篇篇论文也因此诞生。”孔国照说。作为主要起草人，他参与编制了《海洋平台桩腿用钢板》团体标准，获得了中国特钢企业协会团体批准，正式发布。最近五年来，孔国照还参与编制了公司企业标准 15 项、设备采购年度标准协议 9 项，获授权发明专利 1 项、实用新型专利 19 项。他还在专业船舶期刊上发表论文 8 篇，获得省级荣誉 4 项（其中团体奖 2 项，个人奖 2 项）、市级荣誉 5 项、集团级荣誉 2 项、公司级科创奖项 12 项，他和团队的认真付出得到了很好的回报。

近年来，中国的船舶制造能力在数量和质量上都显著提升，伴随着全球航运业对绿色转型的需求上升，中国造船业未来的前景值得期待，将会成为全球航运大国的一支重要力量。招商局重工作为招商工业落子海门的生力军，以打造“大国重器”策源地为目标，不断向高端海洋装备领域攀升，重点培育 180000 万立方米大型 LNG 运输船、大型 PCTC 汽车运输船、FPSO 海上浮动式生产储卸油装置、风电系列、邮轮系列（泛客船）产品市场。

孔国照觉得，只要在这个行业深深扎根，未来肯定大有作为，而他，也依旧会选择执着付出。“每当看到自己参与或者主创的设计从图纸变成模型，再从模型到真正的海工装备，我都会感到特别幸福，也很有成就感。”孔国照表示，接下来，他将带领团队继续攻关，研制生产出更多“大国重器”，带领更多年轻人在高端海工装备领域大展身手，一起为实现国家“实业强国”“海洋强国”梦想努力奋斗。

施雄杰
供电人要做先行官要啃硬骨头

□袁伟

人生感言

初心就像萤火虫，总能照亮人生中某个不起眼的角落，给默默坚守的人带去温暖和希望。生命中的许多难题其实都是“多巴胺”，破解了就会分泌无穷的快乐。

“哪里出现停电，哪里打来抢修电话，我们就要在第一时间奔赴现场，第一时间完成抢修，第一时间恢复送电……”简简单单的陈述，不作任何修饰，这些话语仿佛是刚从肺腑中掏出来那般，赤诚、炙热，又富有感染力。

“人民电业为人民。”作为在基层默默耕耘 30 多年的老电力人，国网南通供电公司五级专家、高级工程师、高级技师，“江苏省五一劳动奖章”获得者施雄杰，这句话镌刻在他的人生坐标上，让他永葆初心，照亮他的追梦之旅。

施雄杰出生于 1966 年，是土生土长的海门人，幼时的电力短缺环境让他发奋苦读，立志成为一名电力人，为“让所有人都用上电”做贡献。高考那年，他填报了南京电力高等专科学校（中专）继电保护及其自动化专业，1986 年毕业后被分配到供电局，工作几年后，出于对职业的热爱和自身的本领恐慌，他果断报考武汉水利电力大学进行学历提升，攻读高电压专业，于 1994 年毕业。2005 年，39 岁的他再次出发，成功考上东华

大学进行深造，两年后取得工程硕士学位。在他身上，“学无止境”这几个字的内涵展现得淋漓尽致。

“每当遇到难题时，首先想到的是和同事们一起思考，其次是翻书、找资料，然后才是向师傅、专家请教，深深体会到通过自己反复思考取得知识才是真正掌握的。”实践出真知。每当回忆起自己最满意、最难忘的几件事，施雄杰总不免有些激动，因为桩桩件件都是生活和工作颁给他的奖章。

1988 年，启海地区第一座华能配套的 220 千伏变电站开工建设，变电所安装调试由县级供电公司来做，这在当时是破天荒的事。而他所在的继电保护班又承担着这个工程中技术最复杂、难度最大的环节。“我当时刚从学校分到单位不久，全新的技术和陌生的设备一度让我们不知所措，但谁也没有临阵退缩。”往事历历在目，仿佛一切都是昨天发生的事情。据他介绍，那段时间，白天工作、晚上研究资料和图纸成为他的必修课，尤其是在最后联合调试的一周时间里，他将自己牢牢地钉在岗位上，没日没夜地调试设备，最终如期完成任务。这段经历，让他渐渐喜欢上啃“硬骨头”。

“难题和挑战就像‘多巴胺’，破解了就会分泌无穷的快乐。”2004年，海门供电公司争创“农网技术进步试点县”，要求从立项开始，一年之内完成 28 个子项目，力求在电网优化、信息化、四新应用和管理创新等方面取得新突破，工程量之大、科技含量之高、项目完成时间之紧迫，海门供电史上前所未有。此时，他已成长为电力调度中心主任，担负着 8 个直接项目和 2 个参与项目。“十个工程，从搭建框架到形成雏形，再到初

步设计、施工设计、安装、调试、竣工、投运……每个环节都凝聚着我和同事们创新的智慧和辛勤的汗水。”一年时间内，设备装了拆、拆了装，实验做了一遍又一遍，他们全年无休，“白 + 黑”“五 + 二”地与时间赛跑，终于按时攻克所有“疑难杂症”。

“我们这代人始终相信，‘没有比脚长的路，没有比人高的山’。”某次去中俄天然气项目部现场进行回访，听到项目经理说隧道已经全线贯穿了，施雄杰在心里吼出了这句话，脸上满是喜悦与自豪。2021 年年初，海门供电公司承接了中俄天然气长江隧道盾构项目的 35 千伏输变电建设任务，这是为国家能源战略中俄天然气大通道主节点——长江穿越盾构提供电力的项目，国家管网公司要求在 2021 年 5 月初实现长江隧道盾构机大电源通电。作为项目经理的施雄杰勇挑大梁，一方面及时协调上级公司、设备厂家、业主单位，确保各道工序衔接顺畅；另一方面带领团队参观工程项目部，召开座谈会，让大家充分认识到输变电建设任务对中俄能源大通道建设的重要性、紧迫性，感受任务的艰巨和使命的光荣，从而心往一处想，劲儿往一处使，拧成一股绳。“这项工作包含了 35 千伏线路，变电所土建，变电所设备设计，安装和调试。”翻开他的工作笔记，密密麻麻的文字和草图，圈圈画画的符号将人一下子拉回到项目建设的紧张和火热中——他顶着寒风往返于施工现场和办公室；一场场协调会，仿佛是在冬天里点了一把火，一下子把大家工作热情燃烧了起来；刚拿起水杯拧开盖子准备浇灌一下干涸的嗓子，不料电话铃声突然响起，他拎着文件袋夺门而去……好在，通过他和团队的不懈努力，在不到 2 个月的时间，让盾构机提前用上了电。

1988—2004—2021，三个独家记忆，像一枚枚时光切片，时代的纹理和一代人的坚守清晰可见，让人不禁心生敬意，为像施雄杰一样怀着赤子之心的追梦人点赞、喝彩。

王小永
率团队完成万例治癌手术

□王剑飞

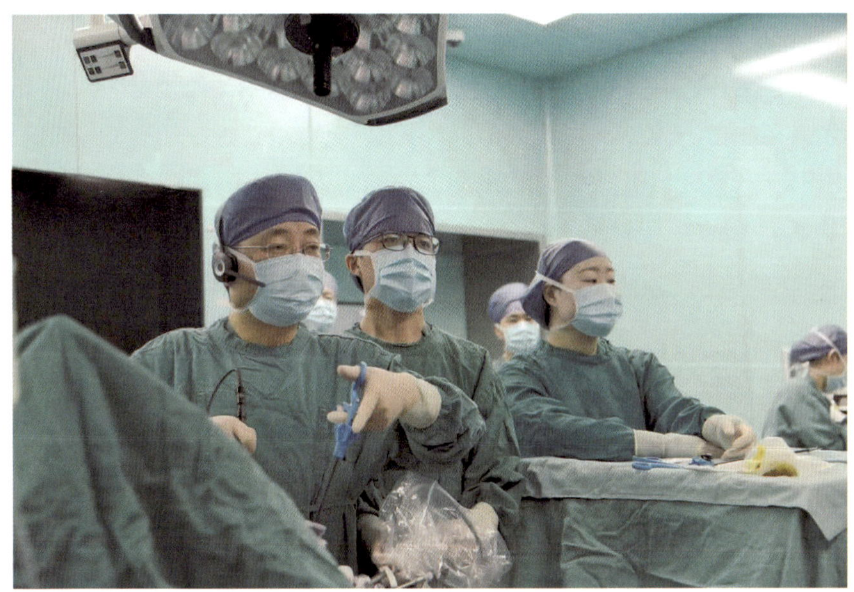

人生感言

患者把生命都交给我了，作为一名医生，我别无选择。唯有竭尽全力才能对得起患者，对得起这份神圣职业。选择了从医这条道路，也就选择了挑战、付出、艰辛和寂寞——痛并快乐。

儒雅的风度，神情中透着坚定与稳重，眉宇间充满真诚与仁心——海门区人民医院副院长、大外科主任、普外科主任王小永总会给人留下深刻的印象。他从医 28 年，时刻牢记“大医精诚”的古训，对医术精益求精，对患者无微不至，他是海门微创手术的医学专家，也是南通市医学创新团队领军人物。多年来，王小永带领团队成功开展了腹腔镜下肝癌根治术、胃肠肿瘤微创手术等 1.2 万多例腹腔镜四级手术。

“健康所系，性命相托。”王小永从考入南通医学院那一刻起，就深知为医者最大的追求就是用最简捷的方法、微小的创伤安全地为患者解除病痛，于是他立下了“医为仁术，救死扶伤”的铿锵誓言，将自己的全部精力奉献给了医疗事业。一年 365 天，王小永几乎每天都在医院和患者打交道，只要医院有紧急任务，或是科室有急危重症患者，即使是下班时间，他也会以最快的速度赶到现场，迅速投入抢救工作。他多年养成的习惯就是每天上班前和下班前都要到病房里询问病情，看到病人平安才放心。

王小永平时注重营造“不懈学习”的氛围，他提倡科室人员每日“学习充电”一小时，为给病人提供更好的“人性化救治服务”打下基础。他在抓好普外科管理的同时，一直开展临床学习研究，他常说：“医生不学习就成‘游走郎中’。”为了让更多的患者尽早康复，在繁重的手术后，他晚上钻研肿瘤学和影像学，分析最新临床研究结果、临床指南、专家共识，探究病例影像资料，不断总结临床经验，提高救治水平。他经常为了一个病症，翻找大量案例，查阅各种医学书籍，只为寻找出最佳的治疗方案，尽最大努力抢救病人，减轻患者病痛，给患者以新的生命。

“作为一名医生，看到患者康复，那是最大的幸福。”为了这份幸福，王小永不分昼夜地在病房里忙碌，在手术台上奋战。王小永说：“家属把病人交给了我，我就得全身心地付出。每一台手术就是一场战争，说惊心动魄一点都不为过，因为手术台上躺着的，是一条鲜活的生命。”

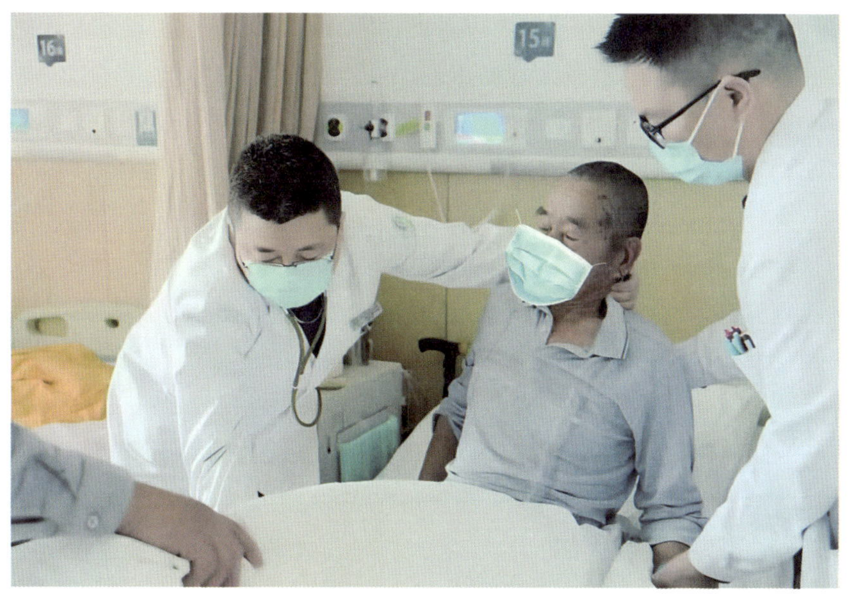

一名3岁的孩子不幸遭遇车祸，孩子肝破裂、失血性休克，如果转院，极有可能在路途中就失去生命。危在旦夕！为保住小孩的性命，在危急面前，他顶住压力，劝说家属不要转院。面对如此幼小的生命，王小永胆大心细，他立刻带领医护人员全力以赴抢救孩子，当即为孩子施行了肝破裂修补术。凭着多年的经验和精湛的技术，经过两个半小时的奋战，他终于成功完成了手术，一条垂危的小生命终于被他从死神手中夺了回来。孩子后来顺利康复，父母送来锦旗感激不已。

如东的张女士手术后为王小永竖起了大拇指。有一天，张女士突发剧烈性右上腹疼痛，她家属获悉王小永是肝胆胰疾病专家，专程来到海门找王小永看病。在拿到了病理学和影像科的诊断报告，获悉自己被确诊为胰腺癌时，张女士觉得天塌了。都说胰腺癌是癌中之王，她一度想放弃治疗。正当家属焦虑徘徊的时候，王小永说这个手术他能做。由于病情复杂，王小永详细地与患者及家属沟通、询问病史，研究国内类似病例、上网查询相关资料，并组织了肿瘤科、影像科等专家们多次会诊、研究、讨论，为患者制订了精准的术前评估和手术方案——“根治性胰十二指肠切除术 + 肠系膜上静脉切除重建”。手术当日，在麻醉科、手术室医护人员的密切配合下，王小永带领团队凭借高超的技术、丰富的经验顺利完成了手术。术后，通过王小永的精细化治疗，张女士恢复得相当好。

昨天胆总管结石手术，今天出院，身上没有任何引流管，张奶奶和陆爷爷竖着大拇指直夸王小永主任“技术超好！”原来，去年 9 月，两位老人体检查出胆囊结石，近年来都反复出现进食油腻食物后上腹疼痛、饱胀的症状，久受病痛苦恼的两人慕名找到王小永。

入院后经过检查，王小永发现两个老人不仅患有胆囊结石，还有胆总管结石，病情复杂，不手术的话可能会引发肝功能损害、诱发黄疸、急性胰腺炎等危险。患者年龄大、手术难度高、风险非常大。但王小永艺高胆大，他带领团队没有任何退缩，经过充分的术前评估，王小永主任团队在麻醉科、手术室团队的紧密配合下，同一天给两位老人完成了腹腔镜下胆道镜经胆囊管胆道探查取石术。手术很顺利，术后未放置腹腔引流管，术后 6 小时老人就能下床正常活动，第二天顺利出院。两位老人看到自己术后身上没有挂着瓶瓶袋袋，而且胃口好、睡得香，开心地对王院长直说感谢。

“金杯银杯不如患者的口碑。”普外科挂着的一面面锦旗，就是对王小永“医术精湛，大医精诚”最好的诠释。真情妙手施术救病患，也使他获得了江苏省五一劳动奖章、南通市五一劳动奖章、南通市科学技术进步三等奖、最美海门人等荣誉，被推选为南通市第十三届政协委员。面对荣誉和赞美，王小永从未改变的是从医的精诚和初心。他说，生命高于一切，他要用更好的医术造福患者。

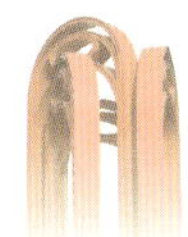

王晶晶
办公在养殖一线的水产工程师

□张琦琪

人生感言

投身水产技术推广，在实验室与池塘间往返，用执着与热情为养殖户的丰收添砖加瓦，将“技术服务”四个字，刻成生命里最温暖的注脚。

“王工，我的河蟹好像出了点问题，麻烦你来帮我看看！”电话那头传来了焦急的声音。王晶晶只让电话响了一声，便迅速接起。在简单了解了养殖户的问题和诉求后，她立刻驱车赶往现场。这样的日常，对于王晶晶来说，早已习以为常。

王晶晶，海门区农业技术推广中心的一名水产养殖工程师，荣誉满载。自 2011 年进入中心后，她先后荣获江苏省五一创新能手、江苏省农业技术能手、江苏省技术能手以及江苏省水产技术推广系统先进个人等称号，2024 年更是荣获了江苏省五一劳动奖章。作为水产养殖领域的专家和骨干，王晶晶不断学习、主动钻研，与团队一同扛起了海门区水产养殖技术指导的重任。

她常常将科研成果送到田间塘头，用过硬的技术和丰富的经验，为养殖户解决各种疑难杂症，应对各类突发状况，助力他们增产增收。自工作以来，王晶晶主要参与了渔业科技入户、水生动物病害测报体系建设、水产品药物残留快速检测等工作。

平日里，王晶晶总是随身带着一个笔记本，深入田间地头，与养殖户亲切交流。特别是在养殖的关键季节和重要环节，她更是提供下沉式服

务指导，详细了解各阶段的养殖生产情况，帮助解决生产中遇到的问题和难点。每当养殖户反馈病害情况，她也总是第一时间赶到养殖塘口，帮助分析病情并指导防治。“参加工作这么多年，我好像都没买过裙子。”王晶晶笑着说为了工作方便，自己一年到头都是运动裤。

除了做好水生动物病害测报等工作，王晶晶还积极参加农业技术指导、培训等工作。她不断巩固、强化和更新水产专业知识，以便将知识传授给养殖户，让他们能够较快、熟练地掌握科学养殖技术，提高产量。她还开展基层农技人员知识更新培训，提升全区基层农技人员的专业技能，开阔他们的思维，让他们更好地为当地百姓服务。

2024 年，海门区遭遇了多次极端天气事件，给水产养殖带来了巨大挑战。面对突如其来的灾害天气，王晶晶没有退缩，而是挺身而出，与团队一起积极应对。她通过微信群、短信等方式，及时给养殖户答疑解惑，发送各类紧急通知。在台风来临前，她会第一时间将应对和防范的建议及提醒发给养殖户，包括疏通排洪沟、及时收捕可上市的水产品等，以减少损失。同时，她和团队深入养殖一线，对养殖设施进行细致排查，确保关键设施能够抵御强风强雨。

极端天气过后，王晶晶又和同事们马不停蹄地奔赴养殖现场，开展灾后恢复和病害防控工作。她指导养殖户及时修整损坏设施、清理池塘、消毒水质、打捞死鱼烂草等杂物，并做好无害化处理工作。此外，她和团

队一起对受灾区域进行流行病学调查,了解疾病的发生、发展、流行规律和趋势,为疾病的预测和诊断提供指导。

“特别感谢农业技术推广中心的帮助,特别是王晶晶。不仅在台风来临前向我们预警,教我们如何防御,台风结束后还来现场提醒我们根据虾体健康状况合理调整投饵量和投喂频率等。她的工作特别细致,我们觉得很暖心。”悦来镇悦合村养殖塘口负责人颜玉兵感慨地说。

哪怕平日里遇到天气突变,如气温骤升骤降等异常情况,王晶晶都会提前做出预警,提醒养殖户认真对待,并给出相应的应对方案。“有时候觉得自己更像在气象局工作,特别关注天气变化。”王晶晶笑言。

作为区农业技术推广中心的一员,王晶晶深知技术推广对于渔业绿色发展的重要性。她认为,只有让养殖户掌握先进的养殖技术和理念,才能实现渔业生产的可持续发展。因此,她经常深入塘口一线,以实际行动指导养殖户规范精准用药。特别是在气温、水温升高的季节,她更加频繁地前往各个塘口,与养殖户面对面交流,开展规范用药知识科普。她会仔细询问养殖户在养殖生产过程中的饲料投喂、渔药使用情况,并认真查看用药、生产和销售记录,确保每一个环节都符合法律法规要求。

王晶晶就是这样一位把工作主场所设在服务养殖户一线的农技推广员。“靠养殖户越近,越能发挥农技推广作用。”这是她的工作诀窍,也是她的职业准则。

王国平
治疗上呼吸道感染有了海门原料药

□王剑飞

人生感言

实验室里探真理,生产线中铸精诚。制药之道,唯诚唯专,质量如命。甘做健康长城一砖,愿为生命之舟护航。

王国平浑身上下洋溢着一股钻劲,是一个地道的“拼命三郎”。2011年5月,王国平离开了春城云南,辗转来到了海门,只为能在医药界有更广袤的发展空间。当初到临江工业园时,他心就凉了半截。这里远离繁华市区,基础设施几乎为零,眼前都是滩涂上那望不到尽头、在风中沙沙作响的芦苇荡。他知道,作为刚成立的江苏威奇达药业有限公司生产运营总监,自己肩上的责任有多重。当天他立下誓言:“只有拼尽全力,才能不留遗憾。”

此时,时任临江新区党工委书记的徐骏上门服务,对接办理环境评估、建设工程施工许可等一系列的审批手续。工厂外围道路铺设、通水、通电、通网等也得到解决,加上园区免费提供员工住宿用房等,这一连串的帮助和支持,给王国平鼓足了干劲。但项目土建刚启动,困难就如潮水般涌来。长江滩涂地地质松软,犹如一盘散沙,要在此打下稳固的地基,难度超乎想象。王国平带着工程师,进行多次勘测和试验。烈日高悬,他的身影在滚烫的滩涂上忙碌穿梭,汗水湿透了衣衫。经过反复研究和论证,最终采用特殊的桩基技术,为工厂的建设奠定了坚实的根基。

接下来，难题仍然接踵而至。项目依江临海，高盐高湿，与原料药生产对环境要求有着极高的反差，药厂设施建设的技术难题如拦路虎般横亘在眼前。王国平四处走访行业专家，查阅大量国内外资料，日夜钻研，在图纸和数据中寻找方案。厂房施工的 190 多天，他像农民工一样吃住在工棚里，终于解决了洁净厂房建设和高精密度液相色谱仪、气相色谱仪等设备安装中的各种难题。随着他去各大高校和科研机构招聘的一批批优秀医药人才陆续到来，渐渐地，工厂的轮廓越来越清晰。一座现代化的原料药工厂在这片荒芜的芦苇荡里拔地而起。当原料药车间取得试生产许可时，王国平站在生产车间里，眼中闪烁着激动的泪花。他知道，这背后凝聚着无数心血和汗水。

2014 年 5 月 16 日，是威奇达药业最值得庆幸的大喜日子，因为这天公司通过原料药行业最高标准——美国 FDA 审计。公司自成立以来，

经历了1000多天试验等最艰辛的漫漫长路，今天终于站上了制药行业之巅，开启商业化生产之路。正当大伙兴致勃勃地在公司饭堂准备举杯共庆之时，却怎么也找不到王国平。在总经理准备发动员工外出寻找之时，突然，办公室主任欣喜地跑过来："找到了，找到了"，立马带着大家到车间资料室去看时，连续加班一个多月的王国平已经累瘫在资料堆里睡着了，大家把他从资料堆里"刨"出来的时候，他疲惫的脸上露着一丝丝的微笑。同事们这才反应过来，王国平为了新生产线能顺利试生产并一次性通过美国FDA审计，不知熬过了多少个日日夜夜。

突如其来的新冠疫情，打破了宁静祥和的氛围。作为分管生产的副总经理，摆在王国平面前的就是公司核心产品阿奇霉素的生产攻坚。阿奇霉素是治疗上呼吸道感染的最佳药品，但它属于大环内酯类药物，分子量大，化学结构非常复杂，且伴随着有30多种杂质需要分离去除的情况，全球仅有少数几家药企能够小批量生产。研发伊始，团队就陷入困境。但王国平没有丝毫退缩，他整日在车间和实验室之间穿梭，反复翻阅国内外前沿文献，到车间查看生产过程中的"三废"等，从每一次失败的数据中寻找蛛丝马迹。每个夜晚，王国平实验室的灯光成为公司最晚熄灭的那一盏，陪伴他的只有仪器的嗡嗡声和满桌的实验记录。

“嘭——”，有一天中午 12 点多，在公司的药物合成实验室里，突然传出一声响亮的爆炸声。同事们立马冲过去一看，王国平被炸伤熏黑的脸渗滴着星星点点鲜血，他自己却毫无反应地站在试验台边，仍然在思考着什么。大家立刻意识到那是王国平正在加班进行试验，化学实验的烧瓶发生了爆炸。几个同事火速将他送往医院。那天，医生从他的脸上和右手背上取出了近 30 粒玻璃碎片。王国平虽然受伤住院了，脸颊上一道道血痕还在隐隐作痛，可还没等挂完消炎止疼的盐水，他就已经在病房里开始研究各种文献资料和试验记录。

有一次，为了优化一个关键反应步骤，他连续奋战了 48 小时。不断调整反应条件，从温度、投料配比到催化剂的用量，细微到每一个 pH 参数的变化。当达到理想的反应结果时，他却像个孩子似的哭了起来，那是奋斗许久的酸甜苦辣交织而成的光芒，那一刻，大家既心疼又敬佩。经过近一年的艰苦攻关，王国平和他的团队终于取得重大突破。他成功研发出具有自主知识产权的阿奇霉素原料药合成工艺，不仅成本大幅降低，产品纯度还优于进口产品。紧接着，王国平高标准组织生产，使公司阿奇霉素产能达 1000 多吨。这一成果如同一束强光，穿透行业阴霾，为国内众多患者带来希望，也为公司赢得了全球巨大的原料药市场份额。

来海门的这 15 年，王国平始终扎根和拼搏在原料药生产一线，以 FDA、CGMP 严抓药品生产质量管理，获得了南通市“劳动模范”等多种荣誉。在新产品开发上，完成了 30 多个仿制药和 CMO 项目生产工艺转化、验证及注册报批。在阿奇霉素、齐多夫定等大产品上，累计完成了几十项技术创新，首创了阿奇霉素废盐资源化利用、氯仿 VOC 吸附脱硫工艺。他牵头完成了百余项精益提质增效改善，节能减排实现降本效益超亿元。他还创立“劳模创新工作室”，实施带徒传技，为公司培养了 280 多名化学制药专业人才，先后完成了 60 余项技术创新，支持配合研发技术中心申请了发明专利 30 余项，连续保持公司开产以来 13 年的安全生产运营纪录。

赵海东
做比蔗糖甜百倍的“海门甜味哥”

□申辛

人生感言

能吃多少苦、有多忠诚、心有多大，就有多出息。工作中本来没有多少困难，如果有困难，说明自己的能力还不够。

这个“海门甜味哥”，连主人公赵海东此前也不知道往后可与这个美称结缘。可笔者自认为这样去写他、称呼他，没太多的不恰当。

赵海东所在单位主要生产新型高档代糖产品——食品添加剂甜味素，我们常见的如百事可乐、可口可乐、红牛、海天等许多国内外著名品牌都与他们有合作。

赵海东并不是海门人，可来海门工作已有近 20 个年头，一直在长江边上那个名叫南通市常海食品添加剂有限公司的企业任副总经理、工会主席等职务。

这家公司原由常州市实业家王立平创办。当时，因为看好海门得天独厚的地理及人文优势，王立平带着 32 岁的赵海东来到北上海的海门投资创业。不同经济环境，发展起来顺不顺手真的大不一样，这是赵海东与其老板共有的切身感受。一来二去，这家民营食品添加剂生产企业的产销规模很快跻身到世界前三、亚洲前二的位次。正欲拓展版图的广东国资委旗下的广业清怡食品对其一见钟情，将其全资收购。赵海东也就摇身成为这一外来国企中唯一的江苏滨海籍高管，职务上则多了纪检委员、宣传委员等头衔。

不因他在常海的资历比人老一截而可送其“哥”，“海门甜味哥”更多有其另番意境，“海门”好理解，“哥”也好理解，“甜味”则有双重含义：一指与他有关的特定产品，实际上比蔗糖甜百倍以上的多少已是数字概念；二指其为人处世的热心、暖意、高度也大大超出一般，如那“阿斯巴甜”“三氯蔗糖和叶酸”。

就依笔者构思的次序，奉上采访到的相关题材。

赵海东 2005 年来到海门，前面 13 年居住在公司统建的宿舍楼内，因工厂离城区有段路程，便与同住的职工们其乐融融地创造多彩业余生活；后来虽在城里买了房，住到了自己家里，但多数班余时间仍待在同事圈中。他的父母、妻小远在要坐半天班车的滨海县城，为了工作，这些年大部分的节假日，包括除夕和春节，他主动在岗位上度过。按他的说法，在岗位最缺人的时候，他们最该在现场，与坚持上班的员工在一起。他特别敬重身为高级工程师的父亲，早逝的老人理解、支持他难得的忘我精

神，曾再三叮嘱，能吃多少苦、有多忠诚、心有多大，就有多出息。他觉得自己这么多年对父母最好的回报，是把企业当家，拿回了一张又一张比水纯、比金子贵的获奖证书。

这些证书有归集体的、有给个人的。而对他来说，最珍贵的一张是为团队争得的“全国模范职工之家”，这国字号的荣誉在地方上在行业里都并不多见。别的企业在这方面的“人情世故”，他们不会少，多的是让员工们更知情、更享受企业的真实情况和文化魅力。“知情”在于公司的“厂务公开”曾是全省企业工会的品牌，有次考评排名第一位，他们长年征集员工建议，听取意见，以便更好服务大家。在文化建设上，除有常规的设施和做法外，还倡导每个员工有数种兴趣爱好，赵海东则带头学书法、钓鱼、篮球、乒乓球，且经常组织相关活动，加以引导，他个人就曾多次获得过各级比赛前三名或冠军等奖项。

在海门一方总有数十家与化工有关的企业，可来到海门不久的赵海

东便被委任为化工行业工会联合会主席，这自然缘于他的专业能力、业界影响及热心程度。就任后，他倡议创建行业工资协商流程，主要内容为普遍提高员工待遇、规定最高最低工资标准、制定不同岗位工资指导线，等等。这样既一下抬高了行业地位，又切实改善了同业间有点乱的人才争夺战。就是该做法获评南通市工资集体协商典范，并引来全省的现场会大范围进行推广，赵海东也因此成了江苏省优秀工会工作者及江苏省工资集体协商优秀谈判员、指导员。

赵海东有句话：这个世界上本来没有多少困难，不是吗？对你来说的困难，对他来说可能是驾轻就熟的小事。如在海门这么多年，他还为企业做了件功不可没的事，就是向各级财政争取政策补助、奖励等资金 3000 多万元。对此，领导不知多少次夸赞赵海东，这个只有他那么行。事实上，办成这种看似理所当然的事怎没一点难度，除了辛苦，没有足够的耐力和韧劲真不行。

现在，赵海东早已成功转型为一名国企高管勤勉履职，体制变了，只要原有的那份初心不变，前行的路就会多遇顺风。在连续三年获评广东国企优秀党务工作者后，他坚持将名额让给同事。他说，他拿的奖证已不少，在江苏还得过两级政府的劳动模范称号，这可是享用一辈子的荣誉，他想让身边更多人有当先进的机会，成为与他一样有温暖、有甜味的人。

末了，他还介绍：在孩子上大学期间，老婆来海门共同生活过一阵，后因老家尚有年迈父母需照料等，妻子又回去了，他重归一人漂泊在外，但他似乎过惯了把员工当家人的日子，也不觉得有什么孤独，他准备在这里再干 15 年，到年满 65 岁为止。他说，现在他已能讲百分之八十的海门话，这显然不够，他必须让自己成为“纯粹”的海门人。

从现在起，叫赵海东“海门甜味哥”，如何？

钱小美
永不过时的钉钉子精神

□张陆翔

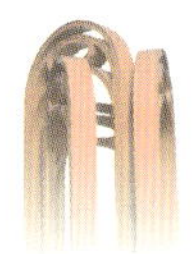

人生感言

利在群众、德在自己，无私就能无畏，以坚韧不拔的毅力和无私奉献的精神，让村民过上好日子。

正余镇有位女村支书叫钱小美，坚守基层18年，流连于群众家的长短板凳、家长里短，披星戴月沟通交流、化解矛盾，带领全村村民，穿梭在田间地头、项目一线，让田园变花园、农区成景区，处处生机勃勃，这里的乡村正一天天变成村民喜欢的样子……正如村里的老党员们所言：乡村振兴，关键在人，村党总支书记钱小美是引领村民共同致富的“领头雁”，成为希望的田野上一道亮丽的风景线。

“当书记就得带领村民致富！”2007年，钱小美到桥闸村工作，2013年7月，当选村党总支书记，暗暗许下心愿，用行动兑现自己内心的诺言。

“推动摇篮的手能够推动整个世界……”作为女性中的一员，钱小美也有个平凡的梦，就是用自尊、自信、自立、自强的精神去创造幸福生活，打造出彩人生。她扎根基层，以村为“家”、全力兴“家”、勤俭持“家”，用勤奋的双手撑起富民强村善治的一片天，成为带强党建、带好班子、带富一方的排头兵。

桥闸村是南通市中心镇建设规划中的重点村，企业的进驻不但可以解决剩余劳动力，带动地方经济的发展，更能为群众百姓多做公益事业。桥闸村先后完成了振康机器人产业园、熙泽科技、三叶平安、华昶熠等15个项目入驻。多年来，桥闸村发展特色农业，集聚规模效应，流转353亩土地，成立桥闸村利裕桥新型合作农场，由村干部自己管理、自己种植，结余48万元。通过发展集体经济，增加了村级收入，装满了群众的粮袋子，富裕了百姓的口袋子，汇聚了齐心协力谋发展的力量。

每一个成绩的背后，是无数个深夜依旧奋战在与村民解读政策的一线。那一段时间，钱小美几乎每天嗓子是沙哑的，眼睛是红红的，从征地签字到评定即征即保，带着桥闸村班子成员起早摸黑签字做工作，一趟又一趟，这种“钉钉子精神”和“老黄牛精神”是主战场胜利的关键。

面对省重点项目，不少群众总觉得征地费太少，对政策缺乏了解，意见各一，争执不下。钱小美与大家认真研讨，逐个分析，对症下药。迫于时间的紧迫，顶着寒雪，夜里一户户敲开了农户的门，认真地解读政策、苦口婆心地做工作解决问题，一直到半夜，终于完成了征地前的签字工作。

多年来，钱小美始终与村民想在一起、干在一起，成为贫困村民的领路人、全村妇女姐妹的贴心人。除了做好党建、经济等工作外，钱小美还将关心妇女、儿童工作列入党支部的重要议事日程，逢会必讲。将妇联组织延伸到网格中，实现了网格妇女组织全覆盖，形成妇联工作“网中有格，格中有人，人负其责”的网格化妇女组织管理格局。她认真研究妇女、儿童现实需求，发动村里的

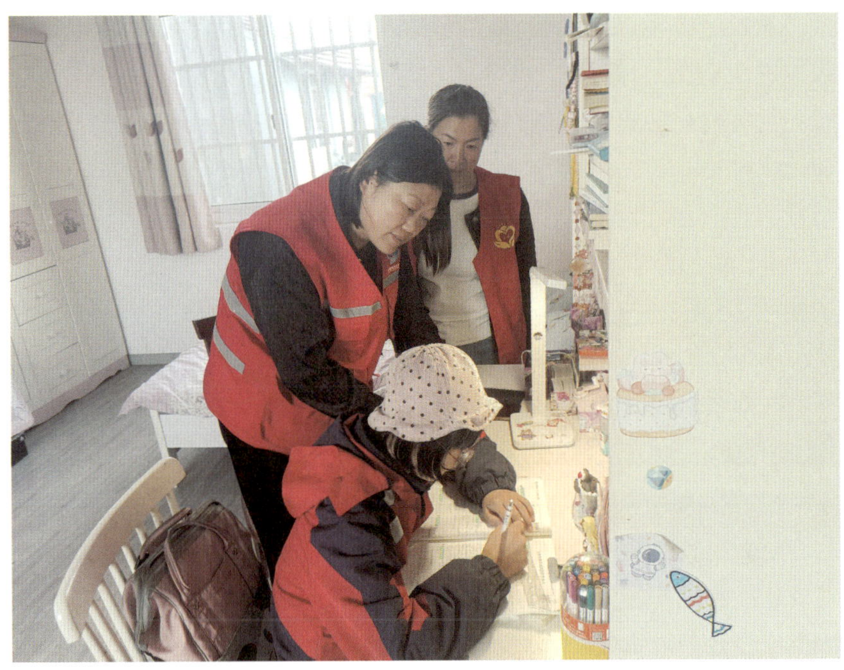

在外能人、老板，捐赠资助爱心扶贫基金，结对帮扶困难妇女、儿童代表，关心好他们的生活。

结合全村实际，钱小美把妇女儿童工作站设在村里，定期走访留守家庭，一条长板凳听听家长里短。每月组织一次志愿者服务队伍给10名困难留守儿童送去温暖，讲励志故事，带去学习用品，还组织一些公益活动，关心关爱弱势群体，让他们发挥主观能动性献计献策，充分感受大家庭的温暖。

桥闸村4组的小娇，父母都是残疾人，上小学了也没有自己的房间。钱小美一直把这件事想在心里。2021年机缘巧合下，对接了一家企业给小娇家进行了“梦想小窝”的改造。此后，钱小美每天上门查看施工进度，十来天的时间，小娇终于有了自己的房间：空调、电视、写字桌、台灯……看着困境儿童天真又灿烂的笑容，拉着她的手不放黏人的样子，钱小美觉得再苦再累都值得。

2023年年底，钱小美一直忙于推进项目，父亲重病住院21天，她只陪护过一个晚上，直至2024年的1月3日晚，父亲突然离世，令她再也忍不住号啕大哭，一生愧对。家国天下，往往忠孝难两全。同在一个屋檐，却无法对父母尽孝心，尽全力培养孩子。钱小美曾经给儿子写过一封信：亲爱的儿子，我们就像两只刺猬，本想着相互依靠相互取暖，但一旦想靠近一点，却总是刺得彼此遍体鳞伤。请理解你的母亲，我有我的信仰、我的使命，当儿子有一天长大了你就懂了，请原谅母亲的无可奈何……这是一个母亲的心声，也是一位共产党员的心声。

在两者之间，钱小美认为行动是一切成功的助推器。没有更好的选择，唯有更好地工作，行动起来。

在钱小美的带动下，桥闸村组织公益性岗位人员定期清运垃圾，使村容村貌得到了极大的改善，村民幸福感倍增。支部积极发展党员，与企业党建结盟，签订了责任状，企业带动剩余劳动力达500余人；村党组织服务于企业，企业税收留成2018年、2019年达100万元；结合主题教育，加强了党性和思想政治教育，涌现了一批积极上进、无私奉献的党员先进代表。

入党积极分子张玉新，2020年组织招商引税，回家乡注册劳务公司，增加了村营收入20万元，而且自2021年以来，每年招商引税均超500万元。村里的大小公益事业捐赠、赞助等先后累计30万元，为党建引领、党员示范做出榜样和表率。今年乡村振兴桥闸村认领的项目是通过辖区企业和在外能人赞助35万元，投资光伏发电增加村营收入。依靠辖区企业，党员带动，目前已完成了该任务。

一分耕耘、一分收获，钱小美先后荣获南通市劳模、巾帼建功标兵，海门区优秀共产党员、最美海门人等荣誉称号。随着桥闸村的不断发展，村里人都觉得这个女村支书真不一般，是干实事的人，是为村子着想的干部，跟着女村支书加油干渐渐地成了村班子成员的共识。

“博观而约取，厚积而薄发。”钱小美将继续以巾帼不让须眉的姿态，以“幸福是奋斗出来的”实干精神，团结带领全村党员干部和村民，不断探索致富路，持续提高群众幸福感和获得感。

李云涛
22 年参与火灾抢险 8500 多次

□蔡玉英

人生感言

抢险救灾是我们的天责。冲在前面,是消防员的本分。我是队长,我先上。

李云涛出生于陕西省咸阳市长武县,他的童年和少年时期属于千里之外的丁家镇直古村。2003 年,18 岁的他入列南通消防队伍,从那时起,故乡成了他梦中的思念,而海门成了他守护的第二家乡。有人说,有父母妻儿的地方才是家,生于斯长于斯的地方才是家乡。李云涛说:“海门也是我的家乡,因为这片土地有我的青春,有我的初心,有我钟爱的消防事业。”

22 年,在岁月的长河里是一朵浪花,但对于把 22 年的春夏秋冬全部奉献给海门的李云涛来说,那是一条横贯了整个青年时期、连通了未来的一条长长的路!因此,每每面临危难,面临水深火热,他总是身先士卒,并喊出:“我先上!”“跟我上!”

水深处,“我是队长,必须冲在前面!”

2018 年 1 月 24 日那个冰冷刺骨的晚上,临江新区临江大桥西侧一辆铲车坠入河中,车子完全翻覆,人被困其中。接到 119 指挥中心指令后,李云涛带队火速赶赴现场。到达后,他们发现常规手段已无法救援,而被困人员随时面临空气耗尽的危险,人命关天的危急时刻,李云涛当机立断潜入水中实施救援。谁知河底淤泥难以立足,几经趔趄,身体失去

平衡的李云涛右手臂脱臼了，疼痛刹那间蔓延周身。但置身水中的他，哪顾得这些，硬是咬牙坚持救人，直至处警完毕。

2020 年 7 月 18 日，水位上涨，江堤告急。接到上级防汛防洪任务指示后，李云涛第一时间就把自己的名字写在了出征名单的首位。之后他与 5 名熟悉水性的精兵强将，跟其他中队人员一起，开启了驻守长江青龙港至大兴港段的巡逻护堤生活。整整 10 个昼夜，李云涛他们身着抢险救援服、救生衣、水域救援帽等各种装备，每日沿着长达 3 公里长的江堤，硬是用双眼、双脚一次次来回巡逻，守护着江堤安全。苦吗？别说白昼黑夜不眠不休，别说酷暑 7 月骄阳如火、闷热如蒸还全身武装，就连寻常人穿着背心短裤，也会喊热喊苦！可在他看来，作为一名中队主官，作为一名党员，只有保持一颗对党、对人民、对职业的忠诚之心，才能确保信念上的坚持和行动上的执着。

火热处，"我先上！"

22 年来，李云涛参与抢险的 8500 余起火灾事故中，他已经淡忘了好多，但所有耳闻目睹过那些火灾故事的人们没有忘。

一个人可以是一粒尘，也可以是一棵树。尘的故事是因为谦小，树的故事是因为担当，也因为努力撑起的所作所为。李云涛说，他是一粒尘。人们说，他就是守望海门的一棵行走的树。

人们记得 18 年前发生在南通一化工公司的火灾事件，记得那时李云涛和战友与“爆炸”近在咫尺，生命随时面临被摧毁的危急，却毫不畏惧箭步如星冲进浓烟弥漫的火灾深处的情景，记得后来他和三位战友为之吸入过量有毒气体而入院抢救的细节。

人们记得 8 年前 7 月 8 日的龙翔化工火灾事件；记得 2022 年 6 月 4 日发生在申通火灾现场的惊心动魄，记得那天凌晨 5 点的火光骤起，浓烟翻滚覆盖整个公司、街道的场景……火警就是命令，时间就是生命，消防哨音鸣响，那就是明知前方是火海，也要毫不犹豫奋力冲进去的无言铁令！没有片刻停留，李云涛带领他的组员疾驰而去了。这是怎样的火

灾现场？大火熊熊中有被困的员工，有急需转移的物品，顶楼更有多达400公斤的剧毒氰化钾，假如任其在火灾中自然发展，后果不堪设想！紧急情况下，李云涛他们没有丝毫犹豫，与一名环保专家一起冲进了火场，最终，成功转移了危险品，控制了火势，直至彻底消除危机。

22年来，李云涛冲锋陷阵在水深火热中，以一名党员、一名消防战士的担当救民于水火，他直接参与处置、社会救助5400余起，解救被困人员300余人。此外，他参加各项演练多达20000余起。用他的话说，备战是为战时需，只有练得一身本领，才能护得一方平安。

都说，铁血男儿也有思家情，22年来，李云涛也想家，想他患病的父亲，想他恩爱的妻子和年幼的孩子。可面对这一份特殊的消防工作，他把所有的思念打包收藏了，只用每年两次的短暂回归聊慰思乡之念，并求得妻儿老小的理解。

22年来，因为他的忘我付出，因为他的身先士卒，他先后受到了各级领导和地方政府的一致好评。他除了多次率队在南通消防支队组织的比武竞赛中取得化工组第一名外，个人更是先后被评为全省优秀专职消防员、南通市劳动模范、海门区劳动模范、十佳战斗班班长、新长征突击手、全市优秀共产党员、南通消防管理先进个人、执勤岗位练兵先进个人、最美应急人，等等。

荣誉面前，李云涛的话掷地有声，他说："抢险救灾是我们的职责；率先垂范，冲在前面，是我作为消防员的本职和本分。"也许这就是他的初心，这就是他，作为一名了不起的劳动者的闪光点。

张正忠
以毕生心血绘就“生态家园”

□陈松

人生感言

循天地寻大美，爱生民写仁德，继往圣立今言。在传统基础上出新，让美术更好为人民服务、为文化强国立新功。

一个出身乡野的画家，历尽贫寒、艰苦奋斗，50 岁进入中央美院研修班；他精于书画、诗文，创立“田园山水画”学科，得到中国美术理论界多位权威的盛赞。他，就是南通市劳模，一级美术师、中国美术家协会会员、中国美协河山画会会员、中国田园山水画院院长、两所大学的客座教授张正忠。

张正忠 1945 年出生于海门农村，自幼酷爱书画、读书。务农十年，14 岁就画墙头画，18 岁起走村串户为农民画像，挣钱为父亲买药，也常应邀画宣传画等。身处农村的他，有着“发现美的眼睛”。清晨到河边捞水草时，他看到上面是微露的晨曦、民居屋顶，中间是一层白雾，下面是清澈的河水和碧绿的水草，太美了！这样的发现成为他后来从事田园山水画事业的思想萌芽。

20 世纪 60 年代，县文化馆请他参加美术创作组。1970 年起，文化馆每年办数月的书画创作班，都请他参加，他不断找机会求教名家。1975 年，他的一幅《赤脚医生》入选省级美术展，成为海门入选省展第一人。这段时间的积累，也为他后来成为海门入选全国美展第一人、中国美协第一人等打下了坚实基础。

改革开放后，一位乡镇企业厂长“三顾茅庐”，聘他当设计师。他白天为厂里画稿，晚上坚持美术创作，同时听收音机学文化课，经常要到凌晨2点左右。其间，他的作品荣获文化部、中国美协的二等奖。

1994年，海门实施旧城改造，这可是发财的好机会！但就在此时，省里有关部门推荐张正忠去中央美院深造，他婉拒了多位朋友“捞现”的规劝，毅然去北京“圆梦”。在中央美院，老师发现他的实际水平已远超本科班水准，就推荐他去研究生班，经国家教委、文化部批准，他被破格录取。在确定发展方向时，一些老师说他的乡村题材画得不错，可着力深耕。从此，他开启了为之奉献毕生心血的田园山水画之路。

学成归来后，他集中精力用于学术、创作活动。经反复深思，1996年他在文章中提出“田园山水画”概念，后经专家研究，这是史上首次出现这个美术学名词。接着他将其定义为山水画的四大分支之一，作为一门学科来深入打造。

张正忠研究发现，中国的田园山水画已有千年历史，相较于19世纪以创作农村风景画而闻名世界的法国巴比松画派，更博大精深，只是缺乏系统化研究和宣传。他的内心产生了强烈的使命感。“我心中的理想家园其实有两个层面。”他说，“一个是画作上的理想家园，即按照生态文明理念，描绘充满‘田园美’的生态家园；另一个是探寻学术上的精神家园。”他表示要为中国山水画艺术的发展壮大，为增强中国人的文化自信和文化软实力添砖加瓦。

为画好生态家园，张正忠一方面阅读大量书籍，另一方面经常到乡间采风。近30年来，他每年下乡采风30次以上，最多一百余次。在不断磨砺下，他的艺术水平日渐精进，尤擅将寻常之景升华诗化，多位国内顶级专家称赞其画“自然宁静，端凝秀逸”“诗书画文俱佳”。迄今，张正忠的画已获全国性画展奖项21次、国际性奖项9次，书法也多次获奖。

比起创作，史学、理论的学术研究更难。有好友善意提醒：“这个事儿既辛苦又枯燥，还要贴钱，许多拿着高薪的大学教授都没做，你何苦呢？”但张正忠说：“研究工作其实不枯燥，这个过程也是学习过程，也对创作有益。当然，搞学术研究要花钱，想办法嘛。如不去做，就会留下巨大遗憾！”

要研究田园山水画的历史，首先要大量搜集古今代表性画作，这是第一大难关。虽然张正忠积累了大量藏书，但还不够。他了解到有4套记载中国历代画作的图录很有用，但极难拿到。他的贤内助四处奔走，想办法向人求助，借出来后翻拍。他们以踏破铁鞋的精神，将4套书全部借阅了。十多年来，张正忠调查研究了古代和现当代画作二十多万幅，淘选出古代、现代各一万多幅。在此基础上，采取史与论交叉并进、互相比较等方法，与生态、古文、诗词、农学、美学、哲学等多学科联系起来研究，逐步建立了系统的中国田园山水画学术体系。

学术研究须十分严谨，张正忠每一步都如履薄冰，走得十分扎实。他花大量精力将选入《中国田园山水画史》的1200幅画作逐一考证。如为考证吴作人画作上的一个地名“玉门渥洼”，他调动自己的地理、历史知识，翻阅书本、查询网络，还打电话查证核实。结果获悉，同一地名竟有3处，其中两个相距二百多公里，而这“渥洼”离玉门又是五十多公里，真是匪夷所思。他说：“我一定要对读者负责、对自己负责。”

伴随着研究过程，张正忠陆续出版了4本学术专著。尤其是《中国田园山水画史》第一卷的出版，让全国美术史论界瞩目，《美术报》以8个版面报道。中国美术理论界泰斗邵大箴评价：“写《中国田园山水画史》是一个浩大的工程，从来没有人做过，意义是不一般的。”美术理论界的“扛把子”、中国美协理论委员会主任薛永年则亲自为其题名作序，亲自来海门考察，并大加赞赏：“我发现他继承了其太老师潘天寿的画学研究传统。

这本书填补了学术空白，具有贯通古今的系统性、对田园山水问题的突破性、知难而进的积极性，非常难能可贵。”

一花独放不是春，张正忠更将艺术理想转化为公共文化行动。1994 年，他创办了全省首家民办画院——海门东洲画院；2010 年，在政府部门的大力支持下，东洲画院升格为民办公助的“海门画院”。2016 年，基于张正忠越来越大的学术影响力，当地政府在开发区建了“中国田园山水画史馆”。近十年来，张正忠协助政府和有关部门举办了五次全国性画展与研讨活动。同时，积极推动创作、研究、交流、培养、服务、传播等六条线工作，立体式推进中国田园山水画事业的发展。十多年来，海门画院培养了 40 余名本土作者，多地作者参与其“生态家园”画展，让田园山水从个人创作发展为“诗画海门”文化现象的重要项目。

现已步入耄耋之年的张正忠，依然保持青春般的活力。每天早上 6 点半起床，工作 8 小时以上。他与时俱进学会了多种“新式武器”，能很灵便地用电脑写作、处理图片，就连出版的书稿也全部自己排版，还经常编制推文、短视频进行传播。

如今，张正忠的“生态家园”已超越画纸。中国艺术研究院美术研究所原所长邓福星题词：“田园山水，心灵诗意的永恒驻地。”海门的田园山水画展吸引全国目光，中国田园山水画史馆名声在外，成为海门文旅的代表性场馆，也是全区 4 个省级社科基地之一、南通市最美公共文化活动空间，为艺术赋能乡村增添新的亮点。

有人问张正忠：“你这么大年纪了，还不歇着，要奋斗到什么时候？”他回答：“小车不倒只管推，直到我做不动为止。”这位老艺术家，仍在用笔墨与脚步，书写着一部属于田园、属于时代，更属于人民的文化史诗。

徐智潭
从“状元校长”到“领航校长”

□赵晓玉

人生感言

教育是慢的事业，学生的发展是一个渐进的过程，需要慢慢熬、慢慢煨、慢慢炖。

做最好的自己——不流于世俗，不甘于平庸，不止步于优秀，不断追求卓越，努力做到更好。

清晨6点半，海门城郊的薄雾还未散尽。东洲国际学校校长室的门，已经打开，透出暖黄色的灯光，映出伏案疾书的身影。笔尖在纸上游走，身前的办公桌和身后的书橱里，都堆满了书，最上面一本，是魏书生的《好学生 好学法——魏书生谈学习方法》。

这已是徐智潭担任东洲国际学校校长的第十个年头。3000多个日子，都在黎明的灯光里开启。十年前，他从一所城郊接合部的初中，被调到这所城区学校，带着“状元校长”的美誉。

2013年，海门区开发区中学出了一名中考状元，这让所有人都大为震惊。毕竟，与城区的几所初中相比，学校的生源和师资都没有优势。而当人们还在存疑观望的时候，2016年，又一位中考状元在此校诞生。

三年，两名中考状元！时任开发区中学校长的徐智潭，声名远扬。

同年，他在众人的敬佩和期待中，接管7岁的“东洲国际”。海门区东洲国际学校创建于2009年，当时隶属于东洲中学教育管理集团。“东洲中学”，是海门老百姓心目中的一块金字招牌。所以，摆在他面前的难题是：如何让东洲国际学校站在“巨人的肩膀上”，长成自己的样子，创造新的辉煌？

笔者带着这个疑问，走进校长办公室。眼前的徐智潭，白净、儒雅，举

止间，又不言自威。我们的采访，从一段对话开始。

笔者：您每天几点上班？

徐智潭：6点半。

笔者：那您要求老师们几点到校？

徐智潭：我们不考勤。

笔者：啊，不考勤？

徐智潭：对。

2016年，当他刚赴任时，老师们心里忐忑着，所谓新官上任三把火，新校长会出哪些严苛的规定？

谁也没想到，“徐官”上任的第一把火，居然是拆除校门口的指纹打卡机，不再考勤上下班。

“真不考勤啦？”时任副校长的陈铁梅问。

“对的，考勤虽然对上下班有一定的制约，但我们也可以选择相信老师们的自觉自律，给他们一份信任、一种温暖。”徐智潭如此作答。

“徐官”上任的第二把火，是挨个找老师谈话，最主要的问题只有一个：“你有什么要求？”不管是工作上的要求，还是家里有任何难事，都可以坦诚交流，比如孩子入学、老人住院、心理困惑，等等。徐智潭了解后，就会想尽办法给予帮忙，甚至不惜麻烦自己的亲朋好友。

这些信任和帮助，真真切切地温暖了老师们的心，唤醒他们向上、向善的动力，并把这份温暖和信任，传递给学生。

“不把校长当校长”，永远站在老师和学生的角度来思考问题，这就是徐智潭的管理心法。

老师不考勤，校长讲温情，但东洲国际学校老师们的敬业程度、中考上线学生人数，在全区都遥遥领先。这，是怎么实现的？

我的疑惑，并不特殊，徐智潭听无数人问过他相似的问题。

在教育局领导的眼里，徐智潭是个将才，也是个异类，因为他尽可能把时间腾出来，阅读、听课、思考。

有几样工作，他却必须亲手抓。一是打破明星班的配置，亲自安排每个班级的师资搭配，给予学生们最公平的选择；二是亲自安排办公室座位，为老师们创造相互学习的最佳组合；三是每年与所有老师交流至少

一次；四是任何人都可以推开教室去听其他人的课，让教研随时发生。

“要把校长当校长”，以身作则，标榜示范，这是徐智潭对自己的严格要求。作为一校之长，他比老师们更早到校，比任何老师听的课都多。下课后，与任课老师“就课论课”，复盘教学；查看备课笔记、听课笔记。

在这里，每个班级每周必须有一节阅读课，让孩子们进到图书馆，自主阅读；美术课和音乐课既不流于形式，也不急功近利，而是让孩子们学会审美和鉴赏，在潜移默化中播下艺术的种子。

没有德育就没有教育，没有思考就没有教学，这是徐智潭带给老师们的教育主张；不事喧嚣、拒绝功利，教给学生一生有用的东西，这是徐智潭带给东洲国际学校的教育信念。

在徐智潭的言说表达中，出现频率最高的主语是“我们”，比如：我们，要对得起每个孩子背后的每个家庭；我们，要对得起课堂中每个孩子盯着你时那信任而渴望的眼神；我们，要做最好的自己，不流于世俗，不甘于平庸，不止步于优秀，不断追求卓越，努力做到更好。

在东洲国际学校，“我们要做最好的自己”，不是一句口号，而是校长、老师、学生们共同的努力和目标。

天道酬勤！东洲国际学校中考成绩已连续多年名列南通市前茅，学校获得全国新教育实验示范学校、江苏省“一校一品”党建品牌学校、江苏省首批“四有”好教师重点培育团队等称号，也成为家长口中“活动最多、作业最少、成绩最好、学生最快乐”的好学校。

2020 年，徐智潭个人被评为南通市首届“领航校长”，海门区只有一位初中校长当选；2022 年，他入选江苏省名校长工作室主持人，依然是

海门唯一。

据了解,“领航校长”评比时,为了最大可能地保证公平,实行异地评选。徐智潭的实干精神和突出成绩,最终打动了一众陌生的评委,成为整个南通市入选的20位校长之一。

然而,当初项目申报时,徐智潭却很犹豫。名头如花,开谢有时,对他而言,这些荣誉和称号,都不如家长和孩子们的信任喜欢。最终,还是同事帮他填写并递交了申报材料,他也虚心接受了建议:“徐校长,这不是您一个人的荣誉,您是一所学校的品牌代言人,校长的高度决定学校的高度。”

现在,徐智潭是正高级教师,江苏省五一劳动奖章获得者,南通市先进工作者,南通市园丁奖获得者……

“他就是我心目中理想型的校长!”与徐智潭共事十年的副校长陈铁梅温柔但坚定地表达。

长江路校区是一所富有设计感的校园,行走其间,处处能感受到其用心之处。建设筹备期间,当陈铁梅拿着大楼设计方案征求徐智潭的意见时,徐智潭问:“你希望这所学校是什么样子?”

“我希望它不仅是一所学校,还是博物馆、美术馆、图书馆,是学生可以自由徜徉的地方。”

“那你就按照你的想法去做,你说了算。”

面对这份全然的信任,陈铁梅很感动,她拿出12分的心力,把它打造成理想的样子。

用人不疑,疑人不用,这是徐智潭的管理原则。他相信相信的力量,这是一位名校长的气度和智慧。

2025年8月之前,他需要同时管理东洲国际北京路校区、长江路校区、首开校区,其中2023年9月到2024年9月还兼任了1年实验初中的党总支书记。如今的他,将全力以赴管理东洲国际学校。温暖、信任和智慧,就是他的“三头六臂”,让他在重重压力下,闯出朗朗乾坤路。

“十年里,最让您自豪的事,是什么?”我最后问。

“东洲国际,成了海门百姓心心念念的好学校。”

从“状元校长”到“领航校长”,徐智潭不断挑战自己,迈上更高的平台,带着东洲国际学校踏上新的旅程。

秦步平
海门骨科大医，70 岁如年轻人

□申辛

人生感言

提早一点，多学一点。正是这种逐渐养成的秉性，奠定、影响了自己一生的命运。

秦步平，是目前海门在岗时间最长的骨科医生，也是南通乃至江苏的骨科名医。1955 年出生的他，论虚龄已 71 岁，不管春夏秋冬、风雨交加，每天一早 7 点多出发，7 点半准时上班。其实他所执业的海门人民医院规定的上班时间为 8 点半。他却说，这是 50 年来形成的习惯。

提早一点、多学一点。正是这种逐渐养成的秉性，奠定、影响了秦步平一生的命运。1974 年高中毕业后回农村种田，那时还是集体所有制年代，他给老农们的印象是，总在队长喊出工后第一个到场，表现积极，是好苗子，因此很快成了村里的团支部副书记；1976 年有机会回他毕业的六匡中学代课教物理，对这项临时工作，秦步平同样上心，适逢其时一考便进入民办教师编制；1977 年是我国恢复高考第一年，虽参考人员众多，可由于他复习、准备充分，加上天资聪颖，以优异成绩一举考中心仪的南通医学院。

5 年后，秦步平被分配到海门人民医院外科工作，后医院成立骨科，便成了三名创始人之一，再以后多次主动申请参加全国有关专业培训及如赴上海华山医院进修等，不断提高医疗水平。除做好日常工作，他将大多数可用于休息时间放到医疗技术钻研上，不仅让发明的如“大粗隆加

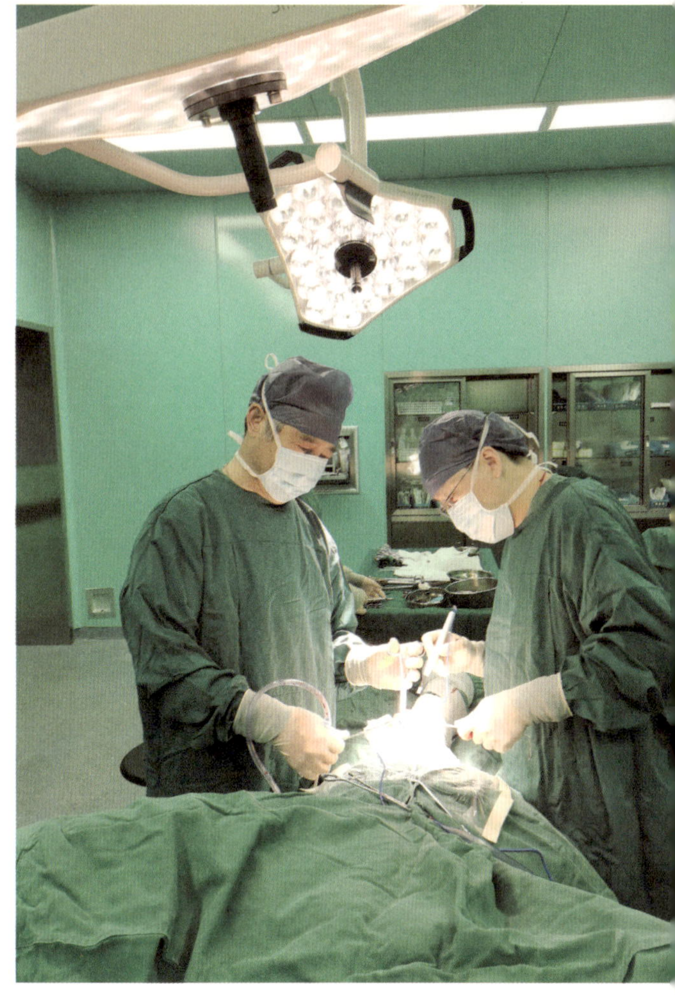

强型钝角钢板”获国家专利、被国内多地医院推广应用，还使如开展的“髋骨骨折半螺牙松骨螺钉固定术”等三个研究项目获得南通市科技成果奖，另有 9 项获南通市卫生优秀新技术奖，在国内学术期刊上发表的科技论文达 33 篇。

彼时秦步平有个观点，如果按规定作息、要求，难让自己明显胜出，必须将尽量多业余时间、自选动作参与进来。他就这样一年一台阶，相继获评南通市先进工作者、拔尖人才及县区级优秀科技工作者等各种荣誉，并成为海门卫生系统历史上唯一的江苏省级人大代表，在行政职务上被提拔至骨科主任，技术职务上被评为正高三级、主任医生。

秦步平是个极具一线情结的人，如人生中有多次可到院部以至卫生局担任领导的机会，且组织上已找谈，可最后均被他以脱产或半脱产会给患者带来不便为由婉拒。他认为自己最大的理想，也是最好的归宿是在门诊上、病房里、手术室。他常说一句话，国家和单位花那么多心思培

养他成为技术骨干，他却去干有很多人想干能干的行政事务，有点不值得。

秦步平“早”字当头，不光表现在浅显的时间上，更在理念深处和细节上。2013 年，他 58 岁时，正是他干事顺手、精力旺盛的年纪，他却有心举荐年轻人早点上位，自己来当配角，好多辅助一阵。像他这种情况，在人民医院历史上也不多见，可他说，其实这样还能为单位倡新风，还可为自己多争取诊治的病例。

2015 年 10 月，秦步平到了退休年龄，根据医院规定，可以返聘到科室，毕竟是少年木匠老郎中，好医生是特殊群体，更值得发挥余热。这样，秦步平还是与以往一样，每天 7 点半来到岗位，不是主动到病房看望病人，就是在办公室准备当天要做的手术或门诊，要不就看看新版的专业书籍及相关病历资料。就在笔者前往采访的几天前，他还与同人们一天做了 8 台手术，从上午 8 点做到晚上 8 点；2025 年新春假期除夕这天，他参与了 7 台手术，初四一天为 10 台，初八上班第一天又是 7 台。

对于他这种既有临床经验又似老黄牛的地方名医，自然会有外地医疗机构及本土民营医院高薪聘请，可秦步平从不为之心动，他说：他离不开那些朝夕相处的同事们，尤其年轻人，是自家的孩子自己疼；人民医院的秦步平，怎能为了一点个人利益跑去撑别人家的门面，那是什么形象？也许只有与秦步平有过进一步交往的人，才能对他足够了解。大家知道他每天 7 点半上班，晚上及休息天还在工作，可并不知道他剩下的大多业余时间也闲不下来，经常到晚上 7 点半以后才回家。除了上面提到的做手术外，还有就是好为患者提供小灶服务。海门街道龙信广场最近有位 80 多岁的老太，跌伤导致股骨粗隆间骨折，术后一星期出院了，但因子女在外地工作，到医院复查、换药等不方便，秦步平主动多次上门服务，直到老太身体恢复。对此，老太一家逢人便说：“谁说现在没有好医生？秦医生就是例子。”

笔者与秦步平结识多年，如家里人出现骨科方面的小毛小病，都会第一时间打电话请教，有次已是深夜，家里有人股骨越发疼痛，经连线问诊得到的答案是，不要紧的，坚持看两天，再不好到医院不迟，理由很简

单，可能是生理上常见的老化痛。果然，两天后疼痛感消失，一直至今。就听一位患者夸秦主任，自当交了他这个朋友，如备了家庭医生，这些年少去了好多次医院。

老龄时代匆匆到来，多数老人出现骨质疏松，这看似小问题，但值得引起重视，平时要多当心走路，避免爬高，还应适当补钙，否则一旦跌伤，不像年轻时那样容易恢复，有的可能会一病不起。秦步平提醒，即使年纪大了，也不要忌讳动手术，他们每年为 90 岁以上高龄老人开刀的数量有五六十例，最高龄者为 102 岁。

秦步平对自己现在的状态是满意的，表示如再给一次机会，依然会选择医生这个职业、选择如 7 点半上班这样的价值观。同时表示，人老不可违，关键看“初心”，他退休快 10 年了，仍整天忙忙碌碌、不缺成就感，可谓一生没无聊时。

樊利军
“小鼠开发应用”的国际专家

□羽白

人生感言

“工匠精神”是一种生活哲学和价值观的体现，就是在追求细节上达到极致，在尝试新的工艺和方法上找到最佳的解决方案。

在科技发展的进程里，总有人默默坚守，靠着坚定的信念与扎实的专业能力，为行业发展添砖加瓦。樊利军，就是这样一位在实验动物研究领域默默耕耘了十多个春秋的科研工作者。他用实际行动诠释了工匠精神的内涵，精心雕琢着每个项目，不放过任何一个细节。

樊利军上大学时选择的专业是动物科学。大学期间，他在全年级第一批通过英语六级和计算机三级考试，拿到国家奖学金，还积极参与各类实践活动。

毕业后，樊利军走进了北京维通利华实验动物技术有限公司，第一次近距离接触到实验动物的实际生产与管理。

2009 年，樊利军又成功考上中国农业大学的动物遗传与育种专业研究生。

2011 年，他研究生毕业。此时，北京维通利华实验动物技术有限公司成立新厂区，樊利军负责生产管理。由于他在工作中表现出色，很快就成为领导重点培养的对象，负责整个厂区的实际运营。短短一年时间厂区就盈利了，公司的整个市场份额也得到了显著提升。

在之后的几年里，他负责的厂区每年生产四五百万只小白鼠，这些小白鼠主要提供给各大科研院所、生物药企。

2015 年对樊利军而言是机遇与挑战并存的一年。百奥赛图江苏基因生物技术有限公司动物中心扩产并筹备建立分公司，公司投资上亿元，毅然从单纯为客户服务转向拥有自主知识产权，开展靶点动物研究，公司从轻资产向重资产转型，这是一次大胆的尝试，更是一场艰难的跨越。樊利军前往海门，担任模式动物中心总监，投身于这场充满挑战的变

革之中。

刚到百奥赛图，樊利军便一边开足马力参与基建装修，一边紧锣密鼓招人，进行新人培训、流程体系和制度建设等。公司也一直注重员工培养，定期组织内部培训与经验分享会，提升团队整体业务水平，在短时间内打造出了一支高效协作的团队。大家筚路蓝缕、迎难而上、忘我工作，经过多年的共同努力，形成了百奥动物的品牌和声誉。目前百奥动物销往全球几十个国家，百奥动物的质量获得了头部国际药企的充分认可。

樊利军工作以来，一直积极思考、勤勉钻研，通过自学、修读南开大学的药学专业、中国农大的兽医专业及查阅文献、行业交流等方式，广泛

获取实验动物及药学等方面的新知识、新技术。

他秉持工匠精神，将每个难题都视为提升自己的契机。他注重工作中的每一个细节，反复推敲、验证。

樊利军参与了百奥赛图的重大项目——“B-NDG 系列小鼠的开发后推广应用及产能提升”。在这个项目中，他带领团队观察小鼠的体重和外观，研究生产曲线，收集并验证各项数据。小鼠具有独特的生物学特性，可用于评价抑制肿瘤细胞的药物和疗法，为药企及各大科研院所的

研究提供了有力支持。

樊利军作为“B-NDG 系列小鼠的开发后推广应用及产能提升”项目的负责人代表，参加了 2020 年江苏省科技创业大赛并荣获一等奖，打破了海门在该奖项上十几年的空白。而他凭借精湛的业务能力和对科学的无限热爱，在实验动物领域取得了显著的成绩，赢得了行业协会和相关领域的认可。

百奥赛图没有满足于已有的成绩，在完成“B-NDG 系列小鼠的开发后推广应用及产能提升”项目后，又马不停蹄地投入新的科研工作中。樊利军也参与开发了几百种免疫检查点人源化小鼠品系，助力药物的筛选

和验证。

对于自己的研究工作，樊利军形象地比喻道："比如胃癌、乳腺癌、肠癌等癌症，都是癌细胞自体细胞变异导致的，癌细胞迅速生长繁殖，速度远超正常细胞，而免疫细胞没能识别。打个比方，癌细胞就是小偷，免疫细胞是警察，癌细胞这个小偷伪装起来，免疫细胞这个警察就抓不到小偷。而做靶点就是标记标志，让警察恢复重新捕获小偷的能力。"

"千鼠万抗"项目是樊利军参与的百奥赛图的重要研究项目之一。"百奥赛图采用列举法，经过多年的努力，'千鼠万抗'项目源源不断地产出早期抗体药物分子，愿景是使百奥赛图成为全球新药的发源地之一，为全球新药研发带来了新的希望。"他介绍道，"千鼠万抗"就像一座桥梁，连接着基础研究与临床应用，为人类健康事业做出了重要贡献。

这些年来，樊利军获得了业界的肯定。2019 年，他和同事研制的一种自动化实验动物安乐死设备获得了实用新型专利证书。此外，他还和同事拥有了另外两种专利。这些专利不仅是对他们科研成果的肯定，也为实验动物领域的技术发展做出了贡献。

2020 年，樊利军当选南通市第十六届人民代表大会代表。作为南通市人大代表，他积极履职尽责，发挥好桥梁纽带和模范带头作用。他深入了解企业和社会的需求，提出了许多有针对性的建议和议案。

2021 年，他获评 AAALAC 国际顾问专家和江苏省实验动物协会评审专家，获得了实验动物行业的认可。据了解，在中国仅有 20 多名 AAALAC 专家。同年 12 月，他入选海门区首批"521"东洲青年英才培养工程对象——青年领军人才。

2022 年 4 月，樊利军获评南通市海门区劳动模范。2023 年，他又获评南通市五一劳动奖章。

荣誉并没有让樊利军迷失方向，反而更加坚定了他继续前行的决心。他依然每天忙碌在实验室和生产车间，与同事们一起探讨问题、解决难题。荣誉对他来说只是对过去的肯定，他所注重的是将当下的每件事情做得更好。他说："我将继续秉持工匠精神，不断探索、不断创新，为实验动物研究事业贡献自己的力量。"

陈金国
将水杯做成消费者眼中的“金杯”

□俞苏华

人生感言

以潮信为约，守商道之本；汇江海之势，破创新之界；聚榫卯之合，铸精工之魂。在时代浪潮中锻造"海门希诺"的品格。

本以为"希诺股份有限公司总经理"这个职务于陈金国而言只是一种身份的装饰，深入了解后才发现，他是真正站在"巨人"肩膀上"起舞"的创二代。

近日，笔者走进陈金国的办公室，比奖牌、奖杯更吸引眼球的是一个陈列柜，柜子里面摆放着各式各样的杯子，有玻璃的、不锈钢的、钛材质的……每一个杯子都见证了希诺的发展历程，记录了陈金国与企业共同成长的点点滴滴。

陈金国今年 35 岁，大学毕业后一直独自在外闯荡，直到 2017 年才回到希诺。回来后，陈金国一头扎进了基层，从工厂的班组长做起，深入了解杯子的生产工艺、采购流程、产品质检流程、班组员工管理……可别小看班组长这个岗位，虽然它管理的员工只有 20 来个，但是业务覆盖广泛，需要学习的内容也很全面。陈金国在班组长的岗位上兢兢业业地工作着，从不要求任何优待，坚持与班组员工同吃同住，平时遇到棘手的问题，他虚心地向有经验的员工请教，员工们也从未因为他的身份，与他保持距离，毫不吝啬地向他传授技术、要点。他在岗的一年时间里，整个班组气氛活跃、运行顺畅、生产高效。回企第二年，陈金国便被任命为车间

主任，不能否认“特殊”身份对他的晋升有所加持，但是勤恳、好学、自谦才是他升职的最大“加分项”。

有了当班组长的经验，陈金国在车间主任的岗位上更加游刃有余。尤其在为全车间 200 多人制定每阶段的 KPI 时，他总要走进不同班组中与他们交流现状、沟通需求、倾听建议，综合考量来自生产一线的不同声音。“我推崇个性化考核，例如按照岗位不同、职责划分不同来分配任务，并在考核中适当增加激励措施，从而提高大家的生产积极性。”陈金国

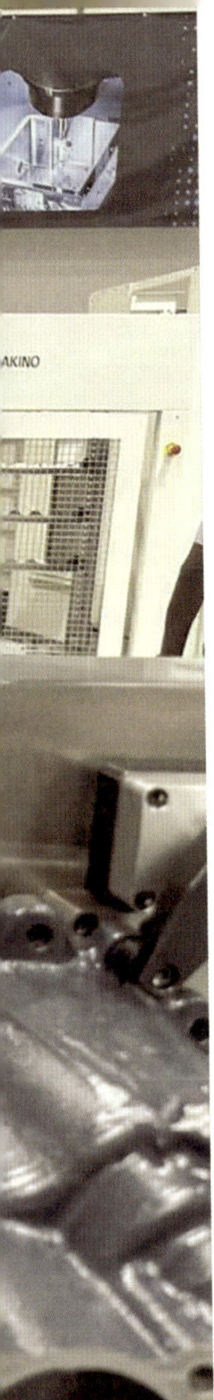

说。常态化的沟通交流模式，提高了陈金国的管理效率和决策能力。

到了第三年，陈金国正式进入公司的最高管理层，需管辖三个厂区、1600 名员工。虽说压力徒增，但陈金国非常自信地表示，能当好班组长、车间主任，就一定能胜任总经理。这份自信源于他的基层积累，也源于他不断拓宽的眼界，更源于他做强做大的决心。希诺是传统制造业企业，在发展的过程中，也出现了产能过剩、产品低端等传统制造业企业普遍会发生的问题。眼看周边企业陆续通过转型升级焕发了新生机，手握希诺发展“接力棒”的陈金国忽然意识到，要想在激烈的市场竞争中脱颖而出，必须走自主创新之路。于是，他前往日本、新加坡等国家的一流制造企业参观学习，把先进的理念、工艺、技术带回国内，并根据企业自身的特点进行优化。

在陈金国的力推下，希诺与第三方科技公司开展合作，对整个厂区进行了信息化改造，从人员管理到原料采购再到生产质检等各环节，全部靠信息系统支持、运转。与此同时，陈金国又与海门本土企业——振康机械有限公司洽谈了合作，引进了数百台自动化设备，各条生产线制造能力显著提升。据相关统计，企业产出水平平均提高了 30%，产品报废率降低 2%，总能耗降低 10%以上，产品质量和生产效率在行业中领先。陈金国并没有就此满足，他觉得，希诺既有智能化、数字化的设施设备，又有积累了 20 余年的保温杯制造工艺和领先的无尾抽真空技术，完全可以进军更高端的市场。去年，陈金国的愿望终于实现

了。首条钛杯全自动生产线正式投产。更令人欣喜的是，钛杯一经推出，就因其时尚的外观、良好的隔热效果受到了消费者的青睐，强劲的销售势头助力企业达成了全年应税销售 7.5 亿元的目标。

“做企业就像做杯子，要精益求精，追求完美。”谈及对未来的规划，陈金国豪志满怀地说，他将用毕生精力带领希诺在坚持科技创新的同时，创立子品牌，走个性化定制道路，不断加大新品研发投入，增加产品附加值，创造更大的企业效益，实现更大的企业价值。

采访结束已是夕阳西下，陈金国拿起陈列柜里的一只钛杯，轻轻摩挲着杯身上精美的花纹，眼前似乎浮现出了希诺屹立行业潮头的模样。

杜恩从
海太长江隧道工程的“好管家”

□崔性平

人生感言

新时代的劳模，既是建设者，更是服务者，唯有以赤诚之心践行使命，方能在攻坚克难中点亮信仰之光，于平凡岗位书写不平凡答卷。

海太长江隧道的建设对缓解跨江交通压力、促进区域经济发展、缩短区域间距离具有重大意义。2022 年 9 月，杜恩从以中铁十四局集团大盾构公司南通海太长江隧道项目党支部书记兼工会主席的身份，踏入了位于海门江心沙农场副业大队的项目建设工地。

在这之前，杜恩从先后参建过淮南潘谢铁路、武广客运专线、福州机场高速、青海阿赛公路、南京青奥地下轴线、宁高城际轨道交通、无锡地铁 3 号线等工程。

2003 年 6 月，杜恩从从石家庄铁道学院毕业后进入中铁十四集团工作。他说，中铁十四集团的前身是中国人民解放军铁道兵四师，这是一支英雄的部队，一入职，他就有一种当兵的责任、使命和担当。他在参建完山东济南济泺路穿黄北延隧道项目后，随即加入了海太长江隧道工程的建设。

同事眼里的杜恩从是一个工作严谨，非常爱钻研，在工作之余及时学习掌握新技术、新知识、新标准规范，不断提高自己业务水平和能力的人。“他特别喜欢收集资料，每次参加培训、研讨会后，都会把资料带回来，不懂的地方就查书籍、规范，咨询专家。”一名同事说。

海太长江隧道，盾构段长 9315 米，最大开挖直径达 16.64 米，沿线需穿越冲积淤泥质粉质黏土和粉砂、中粗砂等复杂地质带，江中地质勘探覆盖的区域有限，不可控的未知区域增多，江中隧道承受最大水压 7.5bar，盾构覆土最大埋深 41 米，具有超长距离、超大直径、超高水压、超大埋深、复杂工况等特点。针对超大直径刀盘开挖所需扭矩大，对主驱动轴承负载大，超高水压对主驱动密封、盾尾密封等部件的承压能力要求高，在保持较高性能负载前提下如何保证“江海号”盾构机整机关键部件连续掘进 9315 米工况下的可靠性等主要技术难题，杜恩从带领项目团队攻坚克难，以党建促安全、促生产，以科技支撑助力“江海号”盾构机智能升级。联合山东大学等 60 所高校和专家、院士，多次组织召开专题研讨会，创新工作思路，开展主轴承故障诊断技术、DDCI 自动拼装装置等先进技术、刀盘磨损检测、刀具状态监测、壁后注浆质量关键技术等科技创新课题的研究。

机遇总是青睐有准备的人，杜恩从常说的一句话是："要提高自己的政治站位，安排了的工作，就要第一时间干完，干好。"针对海太长江隧道盾构长距离穿越复杂地层，黏粒含量高，黏着力较强，刀盘中心区域容易结泥饼的问题，杜恩从身先士卒，带领项目团队深入一线、埋头苦干，掌握了第一手资料。项目团队通过专家研讨会，提出加大盾构机刀盘开口率，针对性应用更适用长江流域该复合地层的撕裂刀，并为防止刀盘中心区域结泥饼，配置高压力、大流量的中心冲刷系统。同时，提出增设刀盘结泥饼预警系统、刀盘面板防结泥饼涂层，及时了解刀盘各区域面板温度情况，有效降低刀盘结泥饼风险，提高底部排渣效率。通过不断讨论和设计优化，"江海号"盾构机不仅配备了带压复合型刀盘、伸缩式主驱动、开挖仓伸缩摄像头等先进技术装备，还搭载了超前地质预报、地层界面识别、刀具磨损检测装置、同步注浆检测等智能化装备系统，盾构机总装达到世界先进水平。

杜恩从在项目上积极推行 TPM 设备管理，建立优化组织机构及专

业队伍，在盾构机设计、制造、安装调试、检修过程中定时定点定人全程跟踪，严把质量关，避免了二次返工状况的发生，在节省了人力和预算的同时，还减少了材料备件的消耗，提高了工作效率，有力保障和服务施工生产。在他的带动下，大家齐心协力，高效率工作，短时间内完成了盾构机的安装调试工作。4 月 9 日，“江海号”盾构机顺利始发。

杜恩从平时十分注重对青年员工的传、帮、带。在安排业务时，注重新老搭配，让老同志和新员工结对子，老同志可以手把手地教，也大胆地让新员工挑重担，将他们安排在重要的岗位上锻炼。同时，有针对性地加强培训和现场技术指导，使新员工尽快适应岗位工作，充分调动大家学技术的积极性、主动性。

杜恩从想职工之所想，为职工排忧解难，引领项目全体党员在工程建设中建功立业，把鲜红的党旗高高插在工程施工阵地上，为工程有序进行提供了坚强保障，以实际行动诠释了一名基层党支部书记的责任和担当。

张天驰
海门沈绣新一代传承人

□赵晓玉

人生感言

要让非遗技艺走出深闺、走向市场，融入当下人们的工作和生活，才能彰显其文化价值。只有不断学习，用世界的眼光，去打造非遗，才能赋予它新的生命和魅力。

2025 年 1 月 25 日，也就是龙年的腊月廿六，地球的另一端、法国巴黎的繁华地段，一家带着东方神韵的时尚店家，开张营业，顾客盈门。

除了流行时装，店里还展陈了一批刺绣艺术品，它们华美、细腻、惊艳，都出自中国江苏海门，并有一个浪漫的名字——沈绣。而隔壁不远，就是世界著名的高端百货商场“老佛爷”。

刺绣是几千年传承下来的手工艺术，蕴含古典之美，沈绣是其中的一个类别。它由清末刺绣艺术大师沈寿独创，在传统苏绣的基础上，运用丰富多彩的丝线调和色调，展示自然光泽，因此绣出来的画面惟妙惟肖、栩栩如生，又被称为仿真绣。沈绣是海门的文化瑰宝，被列为国家非物质文化遗产。

这朵非遗之花，为何能在世界舞台绚丽绽放？海门区劳模、沈绣第五代传人张天驰给了我们答案。

张天驰，出生于 1990 年 6 月，因为家族渊源，从小对刺绣耳濡目染。可以说，刺绣，就像流淌在她身体里的血液一样。

“从我记事起，母亲便在为刺绣忙碌。红橙黄绿青蓝紫，各种彩线随着细针在绣布上飞快穿梭，仿佛在诉说着一个又一个动人的故事。”

张天驰的母亲周占贤女士是沈绣代表性传承人，全国三八红旗手、江苏省优秀民营女企业家、海门沈绣研究会会长，她创办了省级非遗工坊——江苏凯利绣品有限公司，也是天驰最早的启蒙老师。

童年时期的小天驰，看到简单的针和线，可以在布匹上绣出各种美丽的图案，觉得既神奇又魔幻。

母亲教她如何穿针引线，手把手带着她走进了刺绣的世界，在她心里播下了一颗种子。张天驰并不知道，这颗种子，在时间的浇灌下，慢慢生根、发芽、抽叶，最终会开出一树繁花。

但母亲几十年如一日对刺绣的热爱和追求，在技艺上追求卓越和创新，深深地打动了她。“学习刺绣是一条漫长、寂寞的路，也是一条诗意、美好的路。它吸引了外婆，熏陶了妈妈，也打动了我。”

伯明翰是英国一座美丽的城市，也是英国最具多元文化的城市之一，张天驰在这里度过了人生中一段既忙碌又浪漫的异域留学时光。

她和同学逛街时，曾看到一条刺绣长裙，标价一万多元人民币，很多外国友人都围着裙子，为刺绣工艺而惊叹。

“我走近一看，那条裙子的刺绣，乍一看很美，却是没有灵魂的机绣。也是那一刻，我内心触动，觉得一定要把真正美妙绝伦的中国传统手工刺绣，带到英国、带到全世界，让更多人看到 made in China。”

在大学里，张天驰就多次组织过中英文化交流的活动，不仅把海门的沈绣作品，带去英国，也把一批批英国游客，带到海门，零距离感受沈绣的魅力。

她希望能为世界打开一扇欣赏中国刺绣之美的窗口，通过这扇窗口，世界能够更深入地了解中国古老悠久的历史和文化，也了解海门这座城市和她日新月异、生机勃勃的发展。

2014 年，张天驰从英国伯明翰大学毕业。对祖国和家乡的热爱，让她放弃国外优厚的待遇，放弃国内做大学老师的机会，回到了家乡，成为凯利绣品的一名设计师，从此走上了守护沈绣之路。

张天驰学的是市场营销专业，回国后，她带着传承优秀文化的责任感和使命感，一方面继续精进和研究刺绣艺术，另一方面不断创新发

展企业。

母亲给她请来多名一辈子专注刺绣的大师，教她如何运用各种针法来表现不同的图案和纹理。

“技艺之外，她还向我传授了许多刺绣的传统文化和历史知识、刺绣的起源和发展历程，以及不同地区、不同民族的刺绣风格和特点，让我对刺绣有了更深的理解和认识。”

也是在这个时期，她深刻认识到沈绣传承和发展所面临的困境，如后继乏人、市场需求不旺等。

如何努力传承并发扬沈绣的精髓，让它在新的时代里焕发出更加璀璨的光彩？

张天驰意识到，传承，除了守正，更要创新。要让非遗技艺走出“深闺”，走向市场，融入当下人们的工作和生活中，才能彰显其文化价值。

她将传统刺绣与时尚艺术相结合，把中国古典元素巧妙地融入各种日常使用场景中，推出了系列文创用品，让非遗变得触手可及；她把制作沈绣的过程，拍成短视频、微电影，还带队参加各类直播，让更多年轻人了解沈绣艺术，感受中国传统文化的魅力；她带着精致高雅的沈绣作品，去各地参赛参展，屡屡获奖，扩大了沈绣的影响力和知名度。

2021 年 12 月，从贵阳举办的第二届中国妇女手工创新创业大赛上，传来佳音：代表南通参赛的张天驰，以“90 后的指尖绣江山——百年品牌助力乡村振兴”项目获得优胜奖，是江苏省唯一进入全国前十的企业组代表。

2023年10月13日至15日，第二届“金针杯”中国传统工艺刺绣大赛决赛在成都举行，来自全国54个绣种、100多名参赛选手现场同台竞技，张天驰的《百蝶图》荣获最佳作品奖。

在2024年第二十届中国（深圳）国际文化产业博览交易会上，张天驰的《无量寿佛》再获中国工艺美术文化创意大赛金奖……

她说：“每一次拿起针线，执着彩线穿过细腻的布面，都能感受到一种内心的满足感和成就感，更是在感受一种与历史相连的情感与传统。”

非物质文化遗产既是历史发展的见证，也是国家、民族文化软实力的重要资源，对于提升地域认同感、归属感具有重要意义。

作为一名年轻的非遗传承者，张天驰在将传统与时代融合的同时，利用留学期间的生活美学积累，将欧洲的色彩搭配、图案设计等元素融入沈绣中，创作出独具艺术风格的沈绣作品，并带着它们，走出国门，参加国（境）外文化交流活动、刺绣赛事等。

在澳门，她为澳门特首贺一诚等领导现场展示沈绣技艺；在日本中国节，前首相福田康夫和驻日大使等人，在现场驻足欣赏沈绣作品；在香港同乡会，她向世界各地人民展示沈绣的魅力……

她参与设计创作的刺绣作品，曾作为国礼赠予马六甲苏丹皇、南非总统夫人以及塞尔维亚总统等外国首脑；巨幅大型双面绣《玉兰图》被陈列在全国妇联贵宾接待室。

在她的努力之下，沈绣产品远销多个国家和地区，海门非遗，正被更大的世界看见！

“我明白了沈绣的价值和意义，它不仅仅是一门技艺，更是一种文化和精神的传承。我希望能将这门古老而精致的手艺传递给更多的人，让沈绣的光辉在时间的长河中延续下去！”

张龙
刚柔并举撑起“红色物业”

□蔡晓舟

人生感言

用爱心和责任守护家园，以专业态度赢得信任。

海浪，被风吹得前俯后仰，时不时发出轰鸣的慨叹。情急之下，频频使出凌空翻卷的绝招，以显露能淘洗天空的本领。小山一样的巨浪，每一个此消彼长的轮回，都是沧海桑田的笔墨挥洒。

江苏师山物业服务有限公司副总经理张龙，便是遨游在物管商海中一条张着翅膀的腾龙。他是海门区国有企业海鸿集团的基层领导，更是以党员刚性、劳动者柔性为本性，管理以刚柔并济著称的公司“红色管家”。

今年45岁的张龙，出生在人杰地灵的临江小镇。帅气的脸庞、中等偏高的个子，意气风发。五年前，以20余载的物管经验为投名状，他加盟海鸿集团，一举成为该集团物业版图的重要拓展者。

一支拥有千人的物业管理队伍，分别由保安、保洁、客服、设备工程人员构成。截至2023年年底，他们接管的项目，年均增幅达17.11%，由原来的单一公建，逐步拓展成为集商业综合体、医院、住宅、工业园区于一体的大型服务体系，并业已取得了齐头并进、步伐铿锵的良好态势。

2022年，海门北城广和苑、红海苑安置小区陆续交房。时任物业公司总经理助理的张龙，一接到任务就掂出了沉甸甸的分量。“把硬件设施

略显逊色的安置房，当成高档商品房来规范管理。”这是他们接手后自我加压的产物，也是他们日臻完美的管理目标。

项目的接管，标志着契约精神的托付。张龙一方面率领人员深入调研，摸索总结出了安置房管理存在的通病以及痛点难点盲点；另一方面借鉴苏南地区的成功物管经验，研究制定了一套适合北城区实际情况的个性化管理方案。他们犹如重任在肩、西行取经的唐僧一行，看路、挑担、牵马各司其职，以不断迎来祥和的日出和晚霞。

善弈者多谋，思变者图强。

就在小区集中交付时，部分业主出现了动作缓慢或节奏跟不上现象，张龙及时增设了“延时服务”项目，让安置群众服下了一颗定心丸。另外，针对某些业主存有乱堆乱放陋习，以及占用绿地、花坛进行栽葱种菜的违规之举，张龙嘱咐员工不得采取粗暴手段，而是通过打情感牌，上门造访等接地气方式，耐心解说、促使业主如孟获归顺诸葛——心服口服。

打仗，用的是兵法，而现代物管，更多的是讲艺术。管理艺术的成熟，同时也是美学的成熟。一个多元组合的舒适的宜居环境构建，并不是表面文章的雕饰，而是历经后的感悟、职业风采的悄然绽放、绿水青山式的化境思考。

把生活的美学，渗透到物业管理中：不断褪去光鲜感的小区社会，就会增添朝气蓬勃的韵味；摇曳的柳风也会仰而赋诗；宠物管理、车位的补充更趋理性和人性；万家灯火的窗户，便会飘逸出更多的和谐音符。

“鸿远、笃行、匠心、筑家”的服务理念，师山物业从叫师山开始，就已融汇到了他们工作的每一个细节。

一场特大暴雨的前夜，最先抵达的，并不一定是天上压城的黑云，而是从手机中泼泻而来的几行提醒文字。这种程式化的气象灾害预警，就是他们清障、清扫、加固、抢修的紧急动员令。小区配电房、物资仓库、电梯设施、车棚、地下室等，都是张龙带头重点巡查的对象。值班室的墙上，挂着责任明确的 24 小时值班制度以及针对突发事件作出的应急预案。他们从不愿意让自己的承诺，轻易成为别人厌弃的大话和空话。

为了把百姓日常的小帮小忙，同时纳入他们的工作视线，张龙着手创建了一个叫“海门爱帮忙”的便民服务品牌，从此，覆盖全区百姓的 12345 政府服务热线秒变百姓信赖的物业“110”——张家的门锁坏了、

李家的电灯不亮了、王家的水管破裂了，甚至某某家床头柜的抽屉脱底了，都能通过“海门爱帮忙”平台，获得 100%的响应和 100%的满意。时光是尺，量得出走过的路程和风景。

2023 年，张龙团队服务的广和苑小区项目被江苏省、南通市两级分别授予“党建引领物业管理服务工作示范点”称号，为全区的安置房小区物业服务树立了崭新标杆。同年，广和苑、红海苑小区双双获评南通市违建治理红色管家和无违建小区，开创了海门安置房小区物业管理的先河。这一年，张龙也光荣地走进了海门劳模榜。

“书籍是人类的编年史，它将整个人类积累的无数丰富经验，世世代代传下去。”兴趣广泛的张龙每天依然保持他的阅读量，无论床头案几，总有几本闲书随意放着，如同他轻松活泼的谈吐。张琦的《新商业思维》、张华的《一个伟大的背影》、苏引华的《管与理》《经与营》《薪与酬》，等等，她们温柔得如一把把竖琴，等在那里，只待他有空落臀，一曲高山流水就会随时从沉默的拨弦上倾泻而出。

物我之化一，如人神之谐和。

推窗望远，拔地而起的高楼，鳞次栉比的小区，团团如盖的秋色，无不展现着海门这片神奇的土地正迈着时光变迁的脚步，昂首阔步朝着她的大美归宿而来。此刻，无论从深度还是广度维度看，张龙的事业已和千家万户的百姓生活紧紧牵绊在一起。百姓的“关键小事”，都是物管的“头等大事”。何谓物业：以物为表，以业为里。我们有理由相信师山物管的坚守人、创新者张龙以及他的伙伴们，面对日新月异的岁月挑战，定会与时俱进，张膀以待，搏击风流。

王传超
史无前例一次建起 8 条轧钢线

□陆新华

人生感言

钢铁人的浪漫，是让冰冷的金属诉说温度。当创新火花在产线跃动，我，越发懂得钢铁精神的真谛——以智慧赋予金属以温度，让机械轰鸣化作奋进者的和声。

“感恩中天钢铁以信任为桨、以胸襟为帆，助我多年轧钢梦想的顺利启航。我始终坚信，在有信念、有温度的中天舞台上，每一道传承的轨迹都将在时光中汇聚光芒，每一个超越的脚步都将在产业版图上烙下奋斗者的刻度。”这是中天钢铁集团（南通）有限公司第一轧钢厂厂长王传超工作 15 年来发自内心的真实感受。“传承”“超越”，正如他的名字所赋予的内涵一样，始终照亮他前行的脚步。

今年 40 岁的王传超是江苏淮安人，2009 年毕业于安徽工业大学材料成型及控制工程专业，2016 年加入中天钢铁集团。一进中天钢铁，王传超就被分配到钢轧二分厂工作，在这里，他迅速掌握了全面的工艺参数，同时认真钻研，发挥自己的专业技术优势，边学习边改进。针对该厂存在多年的顽疾，他没有走前人的路线，而是尝试革新。他重新进行孔型设计和导卫选型，对 10 毫米、12 毫米、20 毫米、22 毫米四个规格螺纹钢的轧制工艺进行改进，这一工艺的革新使得两条产线故障率大幅度降低，产能提高约 10%，成本降低近 100 万元 / 月。随后，他被调往钢轧一分厂工作。在筹建的新线上，他紧盯行业前沿，大胆尝试，在集团范围内首次开发出 14 毫米、16 毫米、18 毫米三个规格螺纹钢切分轧制的新工艺，一举将产能提升到行业领先水平。王传超成为闻名全公司的“技术革新能手”。

2017 年，公司又安排他到第六轧钢厂工作，助力该厂提升产能。面对陌生的环境，他认真了解产线存在的问题，每日挑灯夜战，经过一周时间的熟悉后，他制订了明确的提升方案，同时，驻扎在生产一线现场解决突发问题。最终，经历了一个炎炎的夏日，连续三个月的艰苦奋战，该厂一线产能较原来提升了 30%以上。他也因为出色的表现，获评中天钢铁集团“十大年度标兵”“十大青年”。

技术创新永无止境。之后，王传超又前往钢轧一分厂实施高线技改项目。项目落实后，高线整体生产平稳，产量稳步提升，终轧速度提升 10%—25%，日产量提升约 200 吨，年产量提升约 7 万吨，产线年创效可达 3500 万元。王传超的钻研刻苦、成熟稳重也给公司留下了深刻的印象，公司提拔他为钢轧一分厂副厂长，他带领员工一起，从工艺创新出

发，解决了产线上的多项顽疾，新工艺给产线的产能和稳定性带来质的飞跃，达到行业领先水平。

2020 年 1 月，他肩负重任再出发，转战南通海门中天绿色精品钢项目。这个项目从无到有建立起来，克服了多次大风造成的工程进度影响，在国内史无前例地一次性建成 8 条轧钢产线。从产线规划、方案设计、技术附件确定、工艺布置等，他总是亲力亲为，精棒产线采用了国内首创的工艺布置形式，高速棒材产线也在中天历史上实现了从无到有的突破。他的努力与付出，整个集团都看在眼里，2021 年 2 月，他获评中天钢铁集团“优秀干部”，2021 年 6 月，获评中天钢铁集团“优秀共产党员”。2023 年，王传超被委以第一轧钢厂厂长的重任。

在他的带领下，2023 年，第一轧钢厂完成了 2 条高棒线的投产，18 个规格和 13 个钢种的调试，投产 3 个月轧制速度、产能即达到国内领先水平。在品控管理上，他们在成品负公差提升、防锈、减少弯曲等方面展开专项攻关，使得产品质量合格率平均值达 99.3%，全年无批量不合格品，无较大质量异议。在攻关创效上，他们实施了“高棒高线降低吨钢压缩空气消耗”“降低双高棒电耗”“降低燃耗”等 10 多个项目，这些项目一年累计可为集团增效 1 个多亿元。

由于长期致力于冶金专业轧制工艺研究、新型轧制技术的改革、产品研发、轧制难题攻关等，王传超连续在国家级、省级期刊发表 5 篇论文，授权 18 个第一专利人专利，其中 5 个发明专利，13 个实用新型专利。如今，第一轧钢厂已上了 4 条生产线，员工已达 700 多人，要实现新的超越，王传超清楚地意识到，光靠一个人的力量是不够的。于是，他从新引进的本科生、研究生人才开始加强培养，帮助新员工建立清晰的职业规划，发挥团队技术骨干力量的作用，重视团队合作。在他的推动培养下，王学礼、李霖杰、张杰、王海波等多位青年骨干力量脱颖而出。王传超说，“很高兴我能够帮助他们成长，新鲜血液的成长壮大是我们集团来之不易的财富”。

“近年来，中天钢铁蓬勃发展，欣欣向荣。集团赋予我‘海门区劳模’的崇高荣誉，并提名我为‘最美海门人’，这既是对我过往工作的莫大肯定，更是对未来的有力鞭策。站在新的起点，我将继续带领全体员工，以锐意创新的精神和拼搏奋进的姿态，在产能提升、指标优化、故障攻关等关键领域贡献智慧与力量。我们坚信，中天钢铁集团的明天，必将在我们的同心奋进中更加辉煌！”王传超信心满怀地说。

高迎九
把海中打造成“三度”教育高地

□陈松

人生感言

经得起打磨，耐得住寂寞，扛得起责任，肩负起使命，梦想才能成真，生命才更有意义！

高中教师辛苦，高三教师更辛苦。而有一位教师，不仅曾连续七年教高三语文，承担着繁重的教学工作，还担负着大量教育管理和教科研任务，这是一种何等的重负！这位能同时挑起几副重担，且都干得非常出色的教师，就是海门区先进工作者，现任海门中学党委书记、校长高迎九。1991 年，高迎九带着满腔热忱踏入海门中学。初为人师的他充满了钻劲、拼劲，晚上 9 点下班，他总要主动加班一个多小时，静下心来钻研业务。他长期坚持阅读来汲取营养、充实自己，这一习惯一直保持至今。

成长迅速的他成了校领导眼中的"挑大梁者"。初出茅庐的他连做三届毕业班班主任，不仅班级管理得好，深受学生喜爱，而且所教语文学科高考质量在南通市名列前茅。这期间，他如同一颗新星在教坛冉冉升起，以至 34 岁时就成为最年轻的"南通市学科带头人"。

此后，他更是连续七年教高三语文，其中有两年还同时教两个班。不仅如此，校领导看他文字功底好，提拔他先后担任学校教科室副主任、办公室副主任，这几个岗位的"重头戏"就是让多数人头疼的文字工作。

在那些年里，高迎九几乎全部时间都泡在学校里。早出晚归自不必说，在学校里几乎每时每刻都像陀螺般运转。"那时一到校就埋头备课、

批作业、写文章，没有停歇的时候。一听到上课铃就赶紧冲进教室，一上完课又赶紧回办公室继续工作。”他回忆道，“那几年与同学、朋友的交往也几乎‘屏蔽’了，以至有一种恍如隔世的感觉。”

尽管工作如此繁重，但高迎九从未叫苦叫累，反而在忆及这段经历时说：“干的活多，意味着领导的信任，意味着有更多的平台可以给我锻炼，意味着自己的价值得到认可。”

如此能吃大苦耐大劳，让高迎九成为同事们公认的“老黄牛”。但高迎九并不喜欢这个称呼，他表示，人们提到老黄牛，往往就是个埋头苦干的形象，而他更愿做为学生卓越全面发展创设条件夯基助力的“孺子牛”。

正因如此，高迎九树立了“把每一样工作都干好、干出彩”的信念。他不仅教学成绩出色，教育科研硕果累累，还为学校写了大量锦绣文章，自己也两度荣获全省教育论文大赛一等奖。此后，他肩上的担子越来越重，除教学工作外，教学管理、德育管理、后勤管理、宣传文字等工作集于一身。

2019 年，高迎九迎来最“痛苦”的一年，身为副校长的他不仅要统筹毕业年级教学管理，还要亲力承担“江苏省高品质高中”申报工作，以及学校近 5 万平方米新综合大楼的筹建工作。几副重担同时压肩，高迎九

感觉“时间完全不够用”，压力山大。

当时，“高品质高中”既无定义也无参照，不仅要精心擘画学校高品质发展的“自画像”，而且要提供大量理论支撑和翔实佐证。许多兄弟学校都从南大、南师大请来专家操刀，但高迎九坚持自己研究、自写材料、自创特色、自成体系。最终，海中的申报材料得到验收组专家高度评价，在激烈竞争中脱颖而出，成为全省首批 20 所高品质高中之一。与此同时，他想方设法挤出时间，与规划、设计人员一一落实综合大楼的各种方案，确保工程顺利推进。当年高考，他负责的高三年级学生成绩突出，清北录取人数名列南通市第一。那一年，他把脑力、体力发挥到极致，终于不辱使命。

次年，他受命赴南通大学附中任校长。在那里，他起早贪黑，忘我工作，创造性设计了刚性与弹性结合的考勤制度、精准化质量评价制度、

“三定”集体备课制度等一系列“智慧管理”制度，使其教学质量快速提升：2021年高考，录取本科人数比上年猛增159人，有2人获600分以上高分，实现该校历史上高分段零的突破；2022年高考，本一录取人数再增70人，4人获600分以上高分。通大附中的办学影响力和社会美誉度显著提升，连续两年获南通市综合考评一等奖，他本人也荣膺南通市优秀校长。

2022年8月，组织上再降大任，高迎九回到海中担任校长，次年又增党委书记一职。他与时俱进在海中实施新一轮内涵提升工程，提出把学校办成“有高度、有厚度、有温度”的教育高地，办成“品牌卓越、品位高雅、品质厚实”的省内一流、全国知名的高品质高中，并系统化设计一系列措施来落实规划。围绕“有高度”，他要求强化价值观培育，引领学生厚植家国情怀、融入时代发展。为此组织教师全流程优化德育课程，如每周的升旗仪式，改“奏国歌”为“奏唱国歌”，全校师生激情高唱国歌，让学生在更浓的仪式感中增强爱国之情；结合校本课程“张謇文化”学习，组织各年级优秀学生到张謇课程基地交流切磋，探讨“张謇为什么成功”，激励学生向“大师兄”张謇学习；创新开展学生徒步研学活动，带领800多名师生，徒步25公里去张謇纪念馆，“用脚步丈量青春，用毅力靠近理想”；精心设计组织“我们的节日”活动，元宵节晚上举办“校园灯谜会”，许多学生身穿唐装、汉服等参加活动，还有学生开展写春联义卖、民乐才艺表演等；学校专门设置了开放式、时尚化的“之琳书吧”，培育学生的阅读兴趣，让阅读成为海中人“一辈子的温度”；他还要求每周开设毛笔书法课，让海中学生在传统书法的浸润中厚实功底、增强热爱……高迎九说，这些富有成效的活动和做法将固化下来，以持久培养学生的文化自信，让海中学子将来在世界的每一个角落焕发民族之光。诸如此类的许多措施，不仅出新出彩，也得到师生的普遍欢迎，更增强了海中学生的自

豪、自信。

《论语》云:"君子之德风,小人之德草,草上之风必偃。"高迎九认为,以身作则率先垂范是事业取胜之道,也是众志成城之理,为此,工作中他总是干在前做示范。如为推行"智慧教学",他带领全体行政干部开设全校公开课,这让教师们心服口服,工作推进更加顺畅。

2024 年,高迎九掌舵后第一年,海中交出了一份令社会各界赞叹的答卷:学校荣膺"全国百强中学";数理化三大学科均有学生进入省代表队;高考全面奏凯,8 位学生列全省总分前 100 名,其中 5 人列前 30 名,11 位学生录取清华北大,创了新高考以来新高。

2025 年 1 月 25 日,海中隆重举办校友会理事会成立大会暨"城市 + 校友"双向赋能联谊会,区四套班子主要领导悉数出席,来自海内外的一众学术界、科技界、金融界大咖回到母校献计献力。作为活动策划和组织者的高迎九,得到与会者交口盛赞:跳出学校办学校,让学校与城市共兴共荣,有这样格局、视野和理念、情怀的校长真是难得!

何惠栋
20年如一日，扎根基层解民忧

□林炳堂

人生感言

一个基层干部，不在乎有多少荣誉，重要的是为百姓办了多少实事，解决了多少问题。

春节前夕，去正余镇采访镇政法和社会管理局局长何惠栋。趁他暂不在办公室，我便先从外围开始，让办公室人员谈谈对何局长的印象。谁知话题一抛出，大家发言十分踊跃：何局长连续十几年全年无休，每天提前一小时到办公室；他几次跳河抢救落水村民；他为村民排忧解难，村民送来锦旗感谢他；他每天都记工作日记和学习笔记，笔记有厚厚十几本……

一桩桩，一件件，办公室人员如数家珍，滔滔不绝。从大家的谈论中，一位勤政亲民、善思好学的何局长清晰地展现在我眼前。

何惠栋，57 岁，家住余东镇余南村。因父母早逝，从学校毕业后，他当过瓦工，做过木匠，还去安徽学过汽车修理，艰苦生活培养了他坚毅刻苦的品格。1990 年 3 月，他赴甘肃酒泉当兵，项项干得都很出色，后以优异成绩考取解放军运输工程学院。2005 年，他从师后勤部作战参谋岗位转业回到海门。

他被安排到正余镇，先后任派出所民警，司法所副所长、所长，政法和社会管理局局长等职，在基层政法岗位整整 20 年，赢得了广大干部群众的良好口碑。他连续 13 年被评为优秀公务员，获得三等功三次，入选

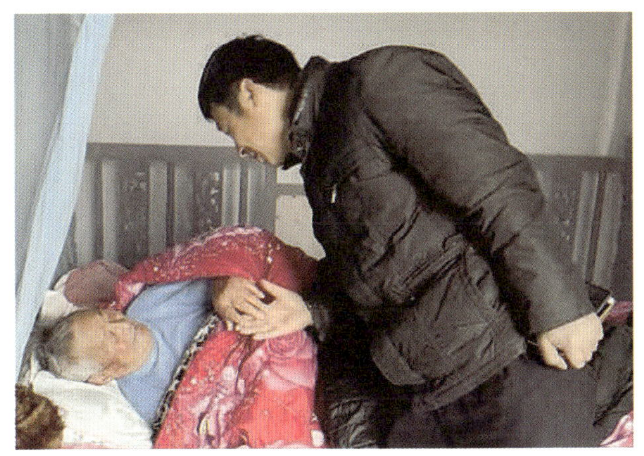

“海门区先进工作者”“海门区十佳法治人物”。他说，他并不在乎有多少荣誉，更看重的是自己为百姓办了多少实事，解决了多少问题……作为一名基层政法干部，守护好一方平安，才是他不懈追求的人生价值。

2005 年，何惠栋当上派出所民警，全身心扑在工作上。经常因值班、办案、出差，连续十几天不回家。在转业后的第一个春节前，他了解到与包场邻近的几个村经常发生失窃案件，闹得群众人心惶惶。他下决心尽快破获，让群众过上一个平安祥和的春节。一天深夜巡查，他发现一出租房内六七个男人蹲在地上吃饭，再听是贵州口音，就与联防队员上前询问。突然一男子夺门而逃，他立即将其控制住。经审查，挖出了一个贵州籍盗窃团伙。群众获悉后，人人拍手称快。

一年秋冬季节，通吕运河沿岸一些企业的电动机、铜材、线材等屡遭失窃，影响企业正常生产。何惠栋通过走访调查分析，觉得水上作案可能性比较大。据一位兴化渔民反映，经常看到一艘机帆船深夜至凌晨在运河上来回航行，觉得行踪有点奇怪。何惠栋顺藤摸瓜，细排深挖，终于查清并捣毁了这个来自山东滕州的水上盗窃团伙。他当民警五年，以高度的工作责任和高超的侦破技术，破获多起疑难案件，赢得群众的广泛赞誉。何惠栋还义不容辞履行应急救助职责，先后三次跳河救出五位落水村民。

2010年，何惠栋调任镇司法所副所长。社区矫正是司法所的一项重要任务。当时，正余镇社区矫正人员增至20多人，做好这部分人的工作并非易事，他们有的破罐子破摔，有的消极低沉，有的怀有对立情绪。何惠栋逐一上门谈心，了解他们的内心想法，有针对性地开展教育，促使他们自觉改造，重做新人。安渡村漆匠张某因车祸撞死一名保洁员，被判了缓刑。在社区矫正中，通过谈心教育，他深刻反思自己的过错，决心重新做人。刑满后，他依然从事漆匠工作，由于手艺精湛、做事诚信，在行业内获得好评。在何惠栋认真细致的工作下，十多年来社区矫正人员中没有发生过第二次犯罪。

在司法所工作，碰到最多的是邻里纠纷调解。有道是"清官难断家务事"，可何惠栋却不这样认为，这些事虽小，如不及时处理，会影响村民团结和社会安定。他坚持来访必接，件件认真处理。2022年7月，青正村村民来所反映村道过窄，出行很不方便，要求适当拓宽。可这事涉及村民的承包地和自留地。何惠栋不畏困难，深入现场走访察看，认真听取各方意见，会同农业办、村委会通过细致工作，很快拓宽了道路。村民感激不已，特制一面"公平廉洁、为民谋福"的锦旗，送到司法所。接着，何惠栋又与相关部门联手，举一反三，解决了面上22起道路纠纷，得到群众的广泛好评。

他总笑笑说："对我来说，扎根基层，服务百姓是我最大的追求，也是我的人生价值所在。"

2019年10月，正余镇进行机构改革，将调解、信访、综合治理三部门合并，成立了政法和社会管理局，何惠栋担任局长。

机构合并后，面对人手少、任务多的情况，何惠栋认真学习探索，大胆改革创新。他首先从组织建设入手，全镇19个村(居)健全了信访工作队伍；抽调有经验的老同志成立调解办公室，对来访者坚持做到政策解释、调解处理、安抚帮助"三到位"；创立四个"一体落实"的工作机制，有效提高了综合治理的质量和水平。镇上有个王某，去新疆做工程，几百万元欠款要不回，官司又没打赢。王某不服，扬言要上访到北京。根据信访属地处理原则，何惠栋千里迢迢赶到新疆，经耐心细致工作，将他劝回，

还帮助他运用法律维护了合法权益。王某对此非常感动。

由于健全了队伍和机制，一些突发案件能得到及时介入和处理，矛盾被化解在萌芽状态。2020 年大年三十，一农民工因拿不到工资，无法回家过年，心急之下想要走极端。何惠栋获悉后立即赶到现场，组织人员化解疏导，终于将那位农民工劝住。接着，他放弃过年回家团聚，当即赶赴如东寻找到工程开发商，先行从工程保证金中支付了拖欠工资。那位农民工拿到工资后，激动地向何惠栋连连鞠躬致谢。在何惠栋及其他工作人员的努力下，至今全镇没有发生一起越级上访的案件。

何惠栋坚守基层政法岗位 20 年，走访下访一万多公里，骑坏一辆摩托车，化解各类矛盾纠纷 1000 余起，以自己的辛勤付出守护了一方平安。他多次被评为海门区先进工作者。何惠栋的付出也被群众看在眼里，曾有一时，组织上欲将他调离正余，群众知道后，1000 多人联名向上级反映，请求将他留住。何惠栋动情地说，哪怕吃再多的苦，受再大的委屈，只要看到群众那信任的目光，所有的付出都值了。

倪娟
甘做每个岗位上的螺丝钉

□沈碧天

人生感言

为人处世，我遵循“两个不怕”“两个不要”：“两个不怕”就是不怕被否定、不怕做决定；“两个不要”就是凡事不要只想、凡事不要慌张。

看似微不足道的螺丝钉，却同样是机器或产品中的一个重要组成部分。“螺丝钉”精神，包含着“干一行爱一行、专一行精一行”的敬业精神，包含着“舍小我、顾大局”的奉献精神，包含着“苟日新、日日新、又日新”的进取精神。

倪娟，1987 年 8 月生，中共党员。她，有着丰富的工作经历：在农村一线锻炼过，在乡政机关任职过；在行政审批局及区委巡察工作办公室工作后走向国资一线，继而再转向统战部门……然而无论在哪个岗位、无论面对怎样的服务对象，她始终怀抱公仆初心，以默默无声书写坚定，在平凡岗位上甘做一颗服从安排、服务大局的螺丝钉。

2020 年 10 月，区政府国有资产监督管理办公室独立组建。倪娟进入该单位后全身心投入初期筹建工作中。国资办成立的第一年是“建章立制年”，倪娟全身心投入各类规章制度的起草工作，对每一项、每一条制度都反复研究、反复推敲，不仅白天想，晚上也在想，甚至睡梦中还在想，有时半夜想到一个点子赶紧爬起来书写。这一年，经她起草建立的各类监管制度达 15 余项，为国资监管制度化奠定了坚实基础。

倪娟先后任职国资办的组织、人事、巡察等多岗位多部门工作，拥有

出色文字功底的她不仅满足于做好本职工作，还积极总结提炼，撰写经验文章，进一步扩大工作影响力、辐射力，她撰写的多篇文章发表于《中国纪检监察报》《中国组织人事报》等报刊杂志。

面对财务监管、安全生产等全新的工作领域，倪娟从最初的紧张不适到迅速适应新岗位，业务开展从容不迫，上传下达得心应手，这得益于她的刻苦勤奋。桌上的《国资监管政策汇编》《财政审计实务》等一系列政策法规、实务教程资料不知被她翻阅了多少遍。为提高业务水平，她制订了系统的学习计划，每晚会照计划打卡，上网课、做笔记、练实务。功夫不负有心人。她从一名"财务小白"成长为"业务能手"。不仅自己学，还带动科室一起学，通过科室人员轮流领学、答疑互学，"每周一学"在财考科形成共识，推动了科室业务的有效运作。在承接了"进一步加强园区国企监管"的创新课题研究后，她整整半年埋头于国企党建、投资融资等各项制度文件中，将一片混沌逐步理顺，终于在 2021 年年底正式印发《关于加强和改进园区国有企业监督管理办法》，使园区国企的国资监管得以

切实加强，投融资管控取得明显实效，因此得到了区委区政府的充分肯定。

国资监管，须服务于企业的高质量发展。抱着这样的工作理念，倪娟带领团队根据职能找准定位，依托法规有效履职，成为工作上的“多面手”，即一手抓督查，做好国企规范纠偏；一手抓服务，配合企业快速整改。2021 年 6 月，在对国有企业招采管理进行督查时，她在严肃指出某企业某招采项目违规现象后，又迅速帮助企业进一步完善制度，推动国企招采进一步规范化。一年中，她带领团队组织开展各类督查达 26 次，发现并交办问题 50 余个，帮助企业解决各类疑难问题 35 项，推动了国有企业制度建立科学化、运营发展规范化。“国资督查不是单纯地站在我们的对立面找问题，而是像医生一样常常关心、时常体检，既规范工作也保护了我们国企人员。”这是一些国企工作人员对倪娟所开展工作的真诚褒奖。

2024 年，倪娟调至区委统战部，自此走向另一个赛道。她带领统战部办公室人员深入学习领会党的一系列政治理论，尤其是习近平总书记关于做好新时代党的统一战线工作的重要思想，不断强化党性锻炼，切实提高政治站位，全面加强统战领域民宗、对台、侨务、经联、党派、新阶层等各领域工作，在竞作为、净作风及创新创优等方面发挥积极作用，为推动全区统战工作高质量发展贡献应有之力。她鼓励办公室人员参加市区级各类年轻干部比赛，为统战部展风采、赢荣誉。办公室年轻干部赴南通参加“四竞四争”风采展，获得市委统战部领导高度认可。组织部机关年轻干部参加区级机关理论知识竞赛，荣获一等奖。办公室团队对部机关信息工作贡献率高达 67%。

多年来，倪娟由于成绩显著，被南通市海门区妇联、区“巾帼建功”“双学双比”竞赛活动领导小组评为“巾帼建功”先进个人；获评由海门区委、区人民政府颁发的“南通市海门区先进工作者”荣誉称号。在高效化解欠薪纠纷及切实维护农民工的劳动报酬权益工作中，她倾情奉献，积极发挥示范带头作用，被南通市根治拖欠农民工工资工作领导小组办公室评为最美“护薪人”……

通常来说,一个人工作事业取得成功,往往离不开家庭中另一半的鼎力相助。然而,倪娟是个例外。原来,她的丈夫常年在外地工作,日常照顾年幼孩子和四位老人的重担自然就落在了倪娟肩上。既要照顾好家庭,又要工作上不打任何折扣,甚至比其他人做得更优秀,这显然是两难的事,但责任心极强的倪娟却做到了。比如:2020 年 10 月国资办独立组建时期,作为筹建组唯一的女性,面对一个科室仅一人、空前工作量的困境,倪娟“5+2”,主动放弃双休;“白加黑”,晚上哄完孩子入睡再匆匆赶去加班已成家常便饭。“妈妈,你还要去工作吗?”孩子早已习惯了等她入睡后妈妈又离开的现实。又比如:2021 年年底正值岁末工作最忙碌的时候,倪娟的父亲突然晕厥住院。身为独生子女的倪娟没有请过一天假,没有耽误任何一项工作。白天她是个好女儿,穿梭于病房照顾父亲;晚上她是个好妈妈,陪伴女儿唱儿歌讲故事;到了深夜,她继续保质保量完成白天未完的单位工作。她成了领导心中倍加信任的“中流砥柱”,也成了同事眼中名副其实的“铁娘子”。

“个人的力量是有限的。个人只有以螺丝钉的‘挤劲’和‘钻劲’,以甘当一颗‘螺丝钉’的精神与集体合力,才会更有力量。”倪娟谦虚地说。作为平凡岗位上的普通一员,没有华丽篇章,没有惊心动魄,倪娟却用行动书写着属于自己的不平凡和数不清的闪光点。

刘召雪
“海上巨无霸”背后的无名英雄

□姜新

人生感言

无论做什么，如果具有扎根岗位、精进业务的“匠心”，精益求精、永不言弃的“匠魂”，团结协作、不断创新的“匠行”，就能做出较大的成绩，就能实现人生的价值。

2025 年 1 月 5 日 15 时许，全球最大级别的汽车滚装船“礼诺南极光”轮鸣笛起航，溯江出海，交付客户。这条船有 14 个甲板能停放汽车，面积比 11 个足球场还大，一次能装载汽车 9100 辆。

此前两年的 2023 年秋，世界首艘 18 万立方米被称为“海上超级冷冻车”的液化天然气（LNG）运输船举行开工仪式。再此前两年的 2021 年夏，世界上吨位最大、储油最多被称为“海上炼油工厂”的浮式生产储卸油船（FPSO）顺利出江。这 FPSO 排水量相当于美国 4 艘尼米兹级航空母舰，其单价超百亿元！这些高端大型海洋工程装备，真是令人叹为观止！令全体中国人自豪！它在哪儿生产、下水？就在海门西南方向长江边上的招商局重工（江苏）有限公司！

“神女应无恙，当惊世界殊。”这里驶出的一艘艘看得见的“海上巨无霸”，背后是一位位看不见的幕后英雄，看不见的模块化集成化智能化设计制造的“段子手”，彰显着我国科技的高歌猛进与强大的制造能力。招商局重工（江苏）有限公司智能制造中心 ME 室主任、高级设备工程师刘召雪就是其中的一位。

刘召雪，1985 年出生在素有“千古龙飞地，帝王将相乡”之美誉的徐州市沛县——汉高祖刘邦故里，明太祖朱元璋祖籍地。他祖父早年毕业于徐州师范学校，一辈子做老师。他给孙子取名召雪，来自“朝奏夕召”“冰魂雪魄”两个成语中各一字，意为博学多才、品性高洁。那时，喜欢拆拆装装的召雪把家里能拆装的东西拆装了个遍，这是他快乐的童年与青少年时期。

小学三年级，召雪父亲下岗，家里生活条件断崖式下降。寒暑假，他跟着父母去地里干活，去窑厂帮忙出砖瓦，还当起家里鸡鸭羊“倌”。但这些都不妨碍他爱读书、认真读书，反而铸就了他后来肯吃苦、善钻研的工匠精神，成为“别人家的孩子”。

2009 年，刘召雪从名校毕业，之后有了一份工作。数年后，机缘巧合下他来到了位于海门的招商局重工（江苏）有限公司工作。

高技术船舶和海工装备制造产业是海门重点培育的主导产业。西南长江边一字排开招商局重工、招商邮轮、中远重工、海新重工、上海建工钢构等一批大型企业。夜色阑珊，这里就像天上闪烁着的星星，与对岸苏

州太仓江边码头的灯火交相辉映。

招商局重工(江苏)有限公司是新崛起的行业龙头企业,它不断消化吸收并创新世界造船行业顶尖科学技术,名声在外。新冠疫情期间,凭着以往与招商局的合作及对招商局这块牌子的信任,老外还是下了一些大单。但海工装备的个别核心技术还是被外国人“卡脖子”,数年前招商局重工(江苏)有限公司也不例外。

2020 年是招商局重工(江苏)有限公司建设一艘作业地前往巴西海域的 FPSO 的重要年份。这年因为新冠疫情,国外工程师们来不了,招商局重工领导着急万分。作为分割钢板、薄板与独立设计舱室部门的重要参与者,刘召雪心中有谱,他知道自己在这方面积累经验的程度。他对领导说:“时间等不得,让我和团队来试试吧。”

撇开老外的那一套程序,自己重起炉灶,一旦失败,所有设计生产出

来的产品就是一堆铁疙瘩，这压力像下了一夜又一夜的暴雪积压到刘召雪身上。刘召雪此去华山一条道。他带领团队分工协作，夜以继日地研究。试，第一次，程序没有响应；几天后，完善程序，再接着测试……又一次测试——成功了！由此团队还掌握了焊缝视觉跟踪技术，舱室单元设计用两个月时间就完成了原创性开发生产，激光切割薄板也取得了重大突破，“卡脖子”成为过去时。他的招商局重工版产能超过老外版的 30%，薄板材料适用范围从 12 毫米扩展到 20 毫米，每月产量由此从 2000 吨提高到 4500 吨，全年累计提升了产值约 200 万元。

当国外工程师了解到招商局重工没有受到疫情影响，样样按序时进度推进，给招商局重工领导及技术人员发来多个惊讶表情。其实国外工程师还不知道，他疑问的同一时间，招商局重工的这类“超级订单”又来了。

刘召雪是位朴实汉子，话不多，不是能言会道的话语“段子手”，而是一段一段一舱一舱组成“海上巨无霸”的幕后智能“段子手”。他们隐藏在每一块龙骨、钢板与每一个焊缝中。他们具有扎根岗位、精进业务的“匠心”，精益求精、永不言弃的“匠魂”，团结协作、不断创新的“匠行”，成就了我们看得见的海上巨无霸，成就了南通数字化、信息化、智能化船舶海工产业及未来海门的世界级海工装备和高技术船舶集群。

“海门是个好地方，靠江靠海靠上海。我喜欢謇公湖，我在这里冬泳、夏游过几次。”刘召雪高兴地说，“各级部门给了我不少荣誉，我准备在海门经济技术开发区买房，把两个孩子接来，做个新海门人。”

殷广玉
创得国家级优质工程 21 项

□吕蕾

人生感言

以匠心筑梦，始终把质量和安全放在首位。以科技报国，用专业和奉献精神为社会进步贡献力量。

寒风裹挟着细雪，在塔吊大灯下划出凌乱的轨迹，北方零下十几摄氏度的冬夜，初出茅庐的技术员殷广玉在两件毛衣外裹着军大衣却仍在大楼顶上冻得直发抖。凛冽的北风呼啸，墨斗的摇把在冻僵的指尖打滑，殷广玉哈着白气，弹一下墨线，焐一焐手，再弹一线……回忆起那段岁月，殷广玉笑着说：“虽然那时候条件十分艰苦，心里却是滚烫的，就像海绵要吸水一样地想多学东西、多做事。”

就这样怀揣着对建筑行业的热爱，凭借着扎实的专业知识和勤奋的工作态度，殷广玉一步一个脚印做上了技术负责人，考取了一级建造师，成长为技术骨干。2012 年，龙信集团在上海承接了一项大型工程，殷广玉通过竞聘得到了这个宝贵的机会。没有挑过如此“重担”的殷广玉延续着凡事亲力亲为、力求完美的做事风格，交上来的深化图纸看不顺眼他就自己重画，发过来的方案不合理他就自己重写，渐渐不堪重负的殷广玉意识到了组建核心团队的重要性。他及时调整观念，在看中学，在做中学，把团队的力量凝聚起来，大家团结一致心无旁骛地扑到了这个项目上。从最初的图纸设计到施工现场的技术指导，一幢幢大楼从无到有，临近竣工时，看到自己负责的项目拔地而起，殷广玉内心充满了成就感。所

谓万事开头难，之后的殷广玉带领团队一起进行了多个重大项目的技术攻关，变化的是项目的规模和客户的要求，不变的是他严谨细致的态度观念。他常说："建筑行业容不得半点马虎，每一个细节都关系到工程的质量和安全，要确保从我们手里交付出去的每一个工程都经得起时间的检验。"

2019 年，殷广玉调任龙信集团总工程师，全面负责企业的技术管理和创新工作。作为技术带头人，殷广玉立足本职开拓创新，刻苦钻研技术，带领团队先后荣获国家级优质工程奖 21 项、省级以上新技术应用示范工程 14 项、省级绿色建造示范工程 3 项、省级工法 11 项、发明专利 2 项、实用新型专利 32 项。丰硕成果的取得，一方面是受龙信集团本身重技术、重科技、重创新的氛围影响，另一方面也与殷广玉喜欢接触新鲜事

物、迎接新挑战的性格有关。遇到行业相关的新工艺新技术问世，别人还只是听说，或是漠不关心或是抱着怀疑态度时，殷广玉已经在想这项新技术能不能运用到他目前的工作中来？如果还不能投入运用，那到底需要解决什么卡点？有没有可能把这个新理论变成实践？带着这些问题的殷广玉就这样钻进去开始了探索研究，正是这种钻研的劲头，甚至是不搞明白心里就不舒坦的别扭，使他推动企业在新型工业化建造、智能建造等领域不断取得突破。在新型工业化建造方面，殷广玉带领团队聚焦三大核心技术创新：通过推进铝合金定型模板标准化应用体系，实现施工效率与资源利用率的双提升；创新大穿插施工工艺，系统性优化工序衔接与资源调度；深化装配式集成装修技术，推动建筑部品模块化生产与快速拼装。其技术实践有效降低了传统施工模式的人力依赖，缩减了全周期建造成本，同时将绿色低碳理念贯穿于建造全过程，为行业转型升级提供了可复制的创新路径。在智能建造领域，殷广玉积极探索 BIM（建筑信息模型）、智慧工地、智能装备技术的应用，带领龙信集团海门中医院项目团队策划并实施了智能建造技术的全面应用，实现了从设计、施工到运维的全流程数字化管理。该项目获评江苏省首批智能建造试点项目，得到了业内的高度认可。

除了技术上的精益求精，殷广玉还特别注重工程的社会效益，在他眼里每一座大楼都是一棵巨大的生命之树。因此，在每一个项目中殷广玉都力求将人文关怀融入设计，为使用者创造更舒适、更安全、更环保的生活环境。“渗漏、开裂、结构是否安全”是全装修房常见的质量问题，直接关乎群众的幸福感和安全感，为了有效预控和检验这些质量痛点，2022 年，殷广玉结合全装修高品质住宅的特点，在公司历年经验基础上组织编写了《龙信集团住宅建造标准工艺》，建立了一套包含策划、方案、深化、工艺和检验全过程质量管理方法，在全公司固化了高品质建造的成熟工艺。殷广玉用自己的实际行动让建筑不再仅仅是冰冷的钢筋混凝

土，而是成为承载人们对美好生活梦想的空间。

正高级工程师、江苏省建筑业优秀总工程师、江苏省建筑信息技术与智能建造突出贡献个人、江苏省住房和城乡建设系统劳动模范、海门工匠……面对诸多荣誉，殷广玉始终保持着平常心，他觉得自己站得高是团队共同努力的成果，是公司平台的功劳。将个人理想融入企业发展路径的殷广玉还在为传统建造方式向新型工业化建造和智能建造方式的转型做着积极贡献，他觉得自己还是那个手拿墨斗的年轻人，他想在自己立足点和期望达成的点之间弹出一条更加笔直的墨线，希望用节省出来的精力把这个期望点推得远一点，再远一点，他说他能听到四面八方“弹墨线”的声音。

汤建国
入职 27 年，26 年获评质量标兵

□鸪衣

人生感言

每个人心中都有一团火，只有找到燃点，才能点燃它。当温度达到，火焰便会升腾。

一个普通的一线工人，把对工作的热爱发挥到极致，会创造什么样的奇迹？

遇见汤建国之前，我从来没有考虑过这个问题。或许，当年20岁的汤建国初入金轮针布（江苏）有限公司（以下简称“金轮针布”）时，也不曾思考过这个问题。

可就是这样一个并非传统意义上的高学历人才，27年后的现在，公司对他的介绍用了一句话“27年来坚守生产一线，其中26年被评为公司质量标兵，获得多项荣誉称号，为企业的发展做出了不可磨灭的贡献。”

“不可磨灭”这是何等厚重的赞誉！

汤建国，金轮针布二分厂的盖板植针班长。1996年，20岁的他怀揣梦想走进金轮针布，从此踏上了盖板植针的征程。

盖板植针是弹性盖板针布生产的环节中最难的一道工序，因为该工种除了需要掌握一定的机械原理知识、钳工基础以及动手能力之外，还需要一定的天赋和悟性。个人的成长需要一定的经验积累，而这个积累

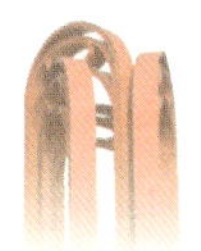

过程一般需要 3—5 年时间。

汤建国的课本中没有教过他这些复杂的机械原理和钳工技巧，为了抓住公司给予他的机会，他就像哈佛凌晨 4 点半的学子一样，孜孜不倦地学习。不同的是，他的“图书馆”是车间，他的书本是冰冷的机器和复杂的技术图纸。整整十年，他放弃自己的休息日，以厂为家，全身心投入工作。废寝忘食，一心拼命。正如《当幸福来敲门》中所说：“如果你有梦想，就要守护它。”汤建国用行动诠释了这句话的真谛。

冰冷的机器、热心的技术员、身怀绝技的师傅……这些都是他放不下的理由。很多年后，我问他是如何提升植针技术的？他说他会详细记录每次修车操作过程，认真思考其中的不足，加以改进。同时，多和同事交流技术，借鉴他人的经验，再结合理论知识，将其融入实践操作中，然后再次总结经验。

动手、思考、动手、再思考。盖板植针车间工程能力指数为公司第一！

他不言放弃，凭借着自己的努力和钻研，硬是在这个领域闯出了一番天地。

2007 年，是汤建国人生中最艰难的时刻。他的父亲因胰腺癌住院，生命垂危。与此同时，公司新机器部件安装不精准，有些零件不符合图纸要求精度不够，造成卡顿。他心急如焚，一边是病危的父亲，一边是等待调试的新机器。两边都在召唤他，他能做的，只有不断地压缩自己的休息时间，每天只睡三四个小时，用挤出来的时间安抚父亲，同时全力以赴地调试机器。最终，他解决了机器运行过程中零部件配合偏差导致摩擦力增大，造成的零件磨损过大的问题。他终于成为父亲的骄傲。然而，父亲最终还是离开了他。

这是汤建国的痛。

每个人都会经历痛楚，而这些痛楚恰恰会照亮往后余生的路。

汤建国把精力完全投入工作中，他不但自己在工作中求创新、求精进，更是团结和带领同事共同攻克难关，并将自己的工作经验无私地分享于他人，取得显著成绩。

他负责《盖板植针机新版培训教材》的编制，根据各步骤的难易程

度，合理分配时间并录制培训视频。在“传、帮、带”过程中运用 OJT 四步法，培训期从原来的 12 个月缩短为 6 个月。

他总结设备调试经验，通过在植针机车头设置 360° 分度盘，提供精确位置标记，实现调试标准化。平均调试时间由 269 分钟缩短至 141 分钟，工作效率提升了 47.5%。为了肯定他的贡献，公司以其个人名字永久命名其操作法为“汤建国凸轮调试法”，并于 2020 年成立汤建国首席技师工作室。

他在质量改进 QC 课题方面，先后获得南通市二等奖 1 次，公司级一等奖 2 次、公司级二等奖 5 次；在个人技能方面先后获得“金轮十大感动人物”“金轮工匠”“江苏省纺织行业优秀个人”“海门工匠”等荣誉称号。

当这些荣誉铺天盖地地砸向汤建国的时候，他没有被砸得晕头转

我国经济社会发展和民生改善比过去任何时候都更加需要科学技术解决方案，都更加需要增强创新这个第一动力。

——习近平

向，面对荣誉，他亦如 1996 年的春天一样质朴腼腆，他说：“其实，我们公司优秀的技能人才很多，大家都在默默奉献，我的成长成才离不开党和国家的教育和培养，离不开公司搭建的平台，离不开领导和同事们的支持和帮助。获得荣誉对我个人是极大的鼓舞，让我更坚定地追求卓越。但个人即使再努力，对行业进步的影响是微乎其微的，更需要大家一起努力。”

汤建国，这位平凡的一线工人，用不平凡的坚守和付出，诠释着工匠精神的内涵。他在岁月的长河中，逐光而行，让自己的生命因热爱而滚烫。他的故事，还在继续，激励着更多的人在各自的领域发光发热。

他就像《阿甘正传》中不停奔跑的阿甘，坚定前行，用独属于“拼命三郎”的执着和热爱书写着属于自己的传奇。

薛应斌
病人的满意是他毕生的追求

□金星宇

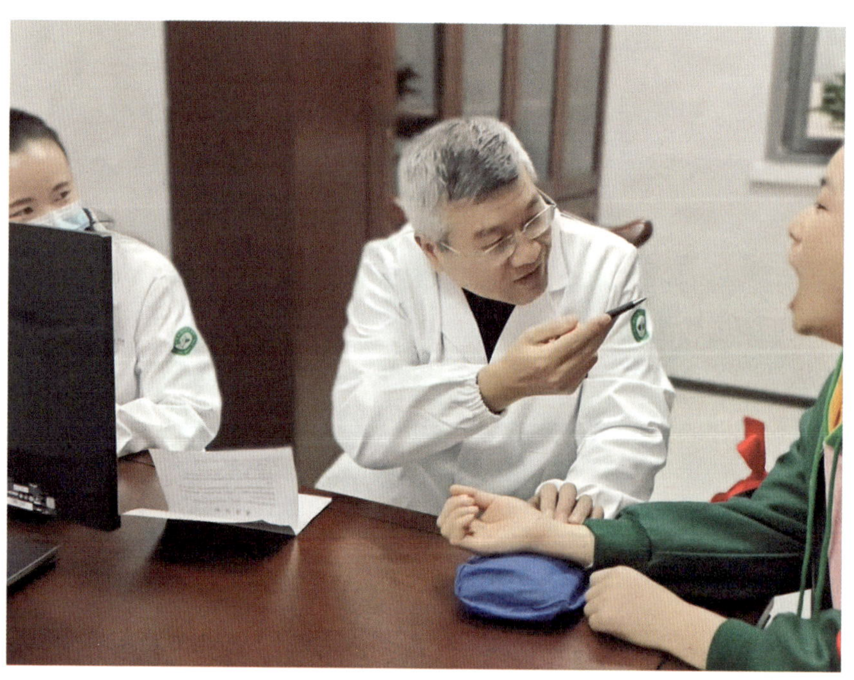

人生感言

审证求因，遣方用药，细心精准，力求显效。精诚励志，不畏困难，治病救人，尽心尽力。

“中医药学是中国古代科学的瑰宝，也是打开中华文明宝库的钥匙。”中医学，是薛应斌年少时的选择，最终成了他一生的坚守。

甲辰年腊月廿八一大早，在海门中医院名医馆诊室内，薛应斌正在认真地接诊一名患者，这位求诊的年轻女教师因为脾胃不好身体虚弱，总是借着寒暑假专程从启东赶来请薛应斌调理。薛应斌在仔细地看舌苔、观气色、搭脉问诊后给其开出处方，共 15 味药材，薛应斌边思考边给每味方药填上剂量，而后告知患者，与上次的处方对比进行了哪些调整，调整的原因和功效。这便是中医的辨证施治。每一次诊治，薛应斌都极其用心，他常用的中药材有 300 多种，每一味的功效以及君臣佐使的搭配他都烂熟于心。他教导学生说，《大医精诚》有言“唯用心精微者，始可与言于兹矣”，医学是一门至精至微之事，不能用粗浅的思维去对待。为了保证治疗质量，他给每个病人的门诊时间一般为 6–10 分钟，首诊的新病人时间还要多些。他的门诊一号难求，他从来没有在中午 12 点半前下班，通常都要 1 点半左右才能吃上午饭。

薛应斌的病人既有政府官员、企业高管、白领精英，也有普通百姓、老弱病残、一贫如洗者，年龄最大者 96 岁高龄，最小的 13 岁。除了海门本地，还有从南通市区、通州、启东，以及上海赶来的。无论面对怎样的患者，他均是“不问其贵贱贫富，长幼妍媸，怨亲善友，华夷愚智，普同一等，皆如至亲之想”。越来越多病患慕名从外地赶来，远在北京和国外的病人通过越洋电话或电子邮件向他求医问药。他不厌其烦地回答各种各

样的问题，已记不清牺牲了多少休息时间，也不记得接过多少陌生病人的电话。

有一次上班路上，薛应斌为了避让行人不小心摔了一跤，造成肋骨骨折，在家躺了三个星期，没有完全康复的他就急着去上班。“有那么多病人在等着我呢！我在家歇着实在不安心。”他把一颗心都留给了病人。

年幼时的体弱让薛应斌立下学医的志向，读了南京中医药大学后，他刻苦勤学打下扎实的基本功。1986 年，大学毕业满腔激情的他被分配至县中医院。医院的现状跟理想有着不小的差距，他没有抱怨，直接一头扎进了临床。1997 年，从江苏省中医院进修回来后，他给自己选定的主攻方向是脾胃病。2001 年，他参加了南京中医药大学中西医结合研究生班的学习，后来又在通大附院进修了西医急诊科，通过这样的学习、领悟和总结，薛应斌的业务技能更全面了，他把中、西医两种思维方式和两种诊疗手段融会贯通。白天临证，记下要点，夜晚攻读，翻阅思考，博采众长，已经成为薛应斌的习惯。通过几十年的积累，他积累了丰厚的经验，擅长消化道疾病的中西医结合治疗，对慢性萎缩性胃炎、慢性肝胆疾病等病症形成了自己的一套治疗思路和方法，以其良好疗效赢得同行和病患的一致认可。

2009 年，薛应斌走上管理岗位任业务副院长，他坚持业务和管理两手抓，为中医院的学科建设、人才培养、中医药特色优势发挥立下了汗马功劳。作为南通市名中医，他高度重视师承教育，以精勤严谨的治学态度带动和感染了一大批年轻医生刻苦钻研业务，壮实了人才队伍，以他为学术带头人的中医院脾胃病科于 2023 年成功创建江苏省中医重点建设专科，实现了海门地区医学重点专科建设零的突破。

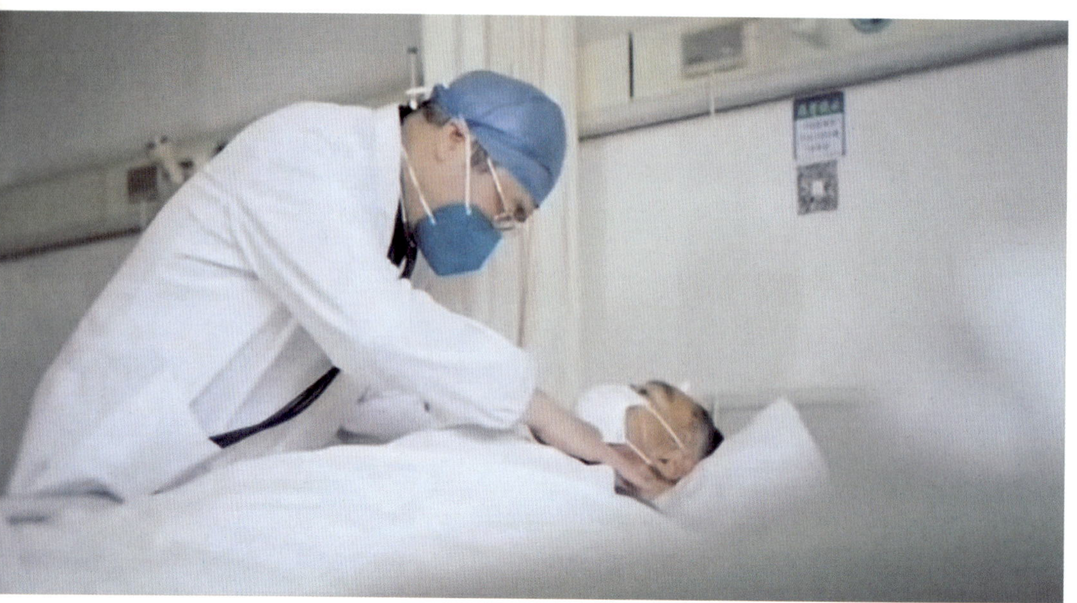

1963年出生的薛应斌作为退休返聘专家，如今有了更多思考整理的时间，近年来他致力于研究肿瘤的中医药治疗，通过不断的学习、实践、思考、总结，形成了独有的治疗思路，在临床应用中取得了很好的效果。尤其对肠道腺瘤癌前期病变的研究，他收集了大量的临床案例，正带着学生进行临床科研。说起这些，薛应斌脸上泛起了欣慰的笑容——能以自己的力量给绝境中的病患带去希望，这是他献身医学事业的强大动力。

一生就做一件事，参阴阳五行、辨寒热虚实、识百草千药、拟方剂汤药、调五脏六腑、护阴阳平衡——日复一日用兢兢业业的行动践行着最初的诺言，薛应斌说："病人满意是我毕生的追求！"

李廷凯
主持研发百余种玻璃杯

□施帅杰

人生感言

每一份劳动都在推动社会进步，只有精益求精对待每一道工序，才能迎接每一个挑战，成就自身的价值。

工作 12 年，李廷凯对人对事仍然葆有非常高的热情。作为一名技术工人，他曾经进行的技术创新为公司节省了上百万元的费用，他取得的成绩也颇让人羡慕，比如南通市海门区十佳绿色发展标兵、江苏省南通市海门区职工创新能手以及南通市“海门工匠”等一系列荣誉称号。

采访中，笔者对其最直观的感受就是，他热爱生活，性格中不仅具有坚毅的品质，还希望通过技能改善产品，让城市、让生活变得更加美好。

自 2013 年进入希诺股份有限公司工作以来，李廷凯先后在公司任产线操作员、设备调试员、生产主管等职，现在作为玻璃事业部经理，他对于企业生产以及技术的革新非常重视。

采访一开始，李廷凯就跟笔者讲了这么一个故事，在他刚刚入职希诺不到一个月的时候，作为生产线的一名普通工人的他有一天看到一个穿着干净工服的人在车间来回走动，年少的他忍不住问那人：为什么他的工服与自己有这么大的区别？那人笑着对李廷凯说：每个人在企业中都扮演着不一样的角色和分工，有人是管理者的角色；有人是技术者的角色；有人则是销售者……每一个岗位孕育着不同的职业价值，讲述的同时，他对李廷凯反问道：“你这么年轻，难道就一直想在产线上吗？”也

正是这样的一问，在李廷凯的内心激起了阵阵波澜。“真的就只能是流水线工人吗？”“自己真的就甘心在这个岗位上了吗？”也正是内心对成长的渴望，支撑着他朝着未知一步步前行。

在长期的一线生产实践和设备调试过程中，李廷凯一直有一个信念，那就是尽最大可能对技术进行提升，优化品质，节约成本。在他的字典中，设备管理与革新，就是为了持续达成最高的制造竞争力，帮助企业将产能最大化。

在主持玻璃杯技术研究工作过程中，李廷凯带领团队攻坚克难，日夜研究，共计研发玻璃杯系列品种 100 多个。在探索新材料的运用中，尝试运用多种新型材料，进行多次实验与开发，最终将先进的纳米银抗菌技术运用至玻璃杯制造技术当中，属于当前杯壶行业中的领先技术，大大推进了杯壶行业的技术创新与经济发展。与此同时，他不断进行技术改良、新功能开发、工艺革新，并持续提高要求、更新理念。特别是他在牵头推进公司玻璃车间智能化改造过程中，通过钻研，实现封口、厚底、割管、压槽等工序自动化，技术品质问题由 300 多项下降到 100 余项。李廷凯深入探索研究玻璃杯内部结构，开发出可以调节茶叶浓度的茶水分离杯。其在抗菌玻璃杯的熔渗工艺方面的研究，大力提高了产品抗菌功能的稳定性和耐久性，并向全行业推广拓展。至今银离子抗菌杯所产出的经济效益已超 2500 万元，受到了广大消费者的喜爱。

似乎每个人在工作中都会遇到瓶颈期，李廷凯也一样，在他工作第五年的时候，觉得需要有新的突破，才能前进。他总结说，这些所谓的“瓶颈”，其实是自己对工作的认识还不够，其实真实的情况是：时间越久，发现自己知道的东西越少。时代在发展，客户对产品线有要求，机器也在一步步升级优化，他举例说，在工作中，同样一件事，有人能做得很好，也有人做得马马虎虎，工作不是只有做完了就 OK 了，而是要做好了才行。处于工作不同阶段的人，会对工作有不同的理解。现在，李廷凯工作的时候，会在生产现场修改一些设备的参数，在早前，他也曾做过一样的工作，但在当时的他看来，这样的技术已经做得很好了，而现在看来，当时的技术还有很大的提升空间。

在刚入职时，李廷凯也曾有过自己的几年规划，如今，在与公司多年的相处后，不再是愣头青的他，发现了自己在公司中的价值，对自我也有了一定的认可。作为一名中共党员，李廷凯在车间开办玻璃制造工首席技师工作室，帮助一线工人进行机器自动化技术的操作培训帮教，定期开展班组内部人员交流会，分享技术和工作经验。如今在车间至今由李廷凯带教的技术员已经超过 20 名，他们中有不少已经成长为两大生产基地玻璃车间领班及高级技术员，李廷凯为希诺公司培育了一批高技术、高素质的技术人才。“我们搞技术的人，其实只要在一个岗位上踏踏实实地干，总会找到自己的兴趣点。与设备打了 10 多年的交道，其中有很多酸甜苦辣，需要克服很多困难，但是一旦自己负责的项目取得成功，那种欣喜是无以言表的。对于自己来说，这也是作为一名技术人员最大的成就感。”李廷凯告诉笔者。

希诺股份有限公司的员工福利很好，领导对技术人员也非常重视，

这也是公司能够深得民心的地方。此外，在李廷凯看来，公司领导在工作上有权威性，在生活上却很像朋友，完全没有架子，非常平易近人。而如今，李廷凯已经成为整个公司最年轻的中层管理者。回顾过去，李廷凯通过努力与汗水取得了一定的成绩，但是他认为，这样还远远不够。做技术要追求“工匠”精神，怀有一颗“匠”心。

如今，李廷凯在海门这座城市慢慢扎根下来，成家立业，结婚生子，生活其乐融融。“作为一名企业生产一线的技术工作者，我深知每一份劳动都是推动社会进步的力量源泉。从业 12 年，让我体会到，只有以精益求精的态度对待每一道工序，以创新突破的勇气迎接每一个挑战，才能在平凡岗位成就不凡的价值。”李廷凯说，“展望未来，我会更努力，为社会、企业、家庭做出自己最大的贡献，实现自己的人生价值。我将继续脚踏实地，心怀一颗‘求知’心，用技艺和热情为产业发展贡献力量，用实际行动践行劳模精神。”

季忠
每天奔跑在“通光”的路上

□刘雪中

人生感言

坚持创新发展理念，把工作当作事业来做，把技术当作学问来研究，传承和弘扬工匠精神，将自己的全部智慧和力量奉献给企业。

1996 年 7 月，季忠从华东冶金学院设备工程与管理专业毕业后，便一头扎进了车间，他深知，知识学问再多，也需要实际操作去检验；他懂得，眼高手低是大忌，要出头就必须先埋头苦干。于是，在工厂一些老技工老师傅身边，总有一个憨憨的戴眼镜的年轻人如影随形，热切而虚心地问这问那。节假日，小伙伴们回家的回家，去游玩的游玩，而他常常留在宿舍里，琢磨一段时间的工作中自己所遇到的问题，并努力一个个地解决好。那时，就连大学三天两头都要去踢的足球，他几乎也戒了。

机会从来都不会亏待有准备的人，仅仅两年时间，他就成了当时海门市光缆厂束管车间主机手。

1999 年 10 月，季忠成为江苏通光信息有限公司技术员，在通光的跑道上，有了一个崭新的起点，他开始了又一轮的奋力奔跑。三年间，秉持勤奋与谦虚，他仍然“孜孜焉唯进修是急”，精进技术修养品性，赢得了公司上上下下的一致赞誉。2003 年 1 月，他被提拔为公司技术部经理，站上中层管理岗位。

任何一个公司，尤其是信息技术类的公司，技术岗是前沿岗，更是关键岗，不到而立之年的季忠，深感责任重大，加班加点、夙兴夜寐，成了他的家常便饭；以身作则、率先垂范，是他对自己的不变态度；求变创新、精益求精，是他对产品的执着追求。不管是在信息，还是在光缆，季忠所在的技术部既竞争冲劲十足，又和谐团结有加，深得公司领导信任。

作为技术型管理人才，技术一向是衡量管理水平的最重要标准，科班出身的季忠深谙此道，因此，对专业知识及技术的不懈追求，一直刻在他的骨子里。“主动适应时代发展要求，具有终身学习的自觉意识，充分挖掘自身潜能，坚持敬业勤业精业的职业操守”，在他的事迹介绍里，我读到了这样的一段话。是的，在“立足通光，奉献通光”的责任心驱使下，通光的跑道上始终加速奔跑着的就是如此优秀的季忠！

明知山有虎，偏向虎山行；攻坚克难，关关难过关关过。自 2013 年 8 月获得工程师职称以来，季忠带领团队领衔参与了公司多项新品的研发工作，先后获得了高耐火阻燃光缆、非金属防鼠防白蚁光缆、卷带式光单

元等 13 项实用新型专利和 1 项发明专利。其间，开发的高可靠管道用层绞式光缆、松紧混合的安防警戒用光缆等 5 个产品获得了“高新技术产品”称号。

在实践中，季忠分外注重理论知识的不断学习、更新、提升，先后参加了“光通信新技术及应用”“光通信与新机遇”等省级研修班。他知道“授人以鱼不如授人以渔”，就将自己的理论和实践经验知识编撰发表供行业技术人员参考学习，其主笔的《加强型 ADSS 光缆张力弧垂特性探讨》《微型不锈钢管光缆的设计和制造》《一种小束管层绞式光缆的设计和制造》《一种全干式光缆的设计和制造》等分别发表于《光电通信》中国光纤光缆 40 年特刊和通信学会 2016 年及 2017 年年会论文集。

不仅如此，季忠还努力让光缆行业标准打上了“通光”印记，先后参加了《光纤着色油墨》《光缆型号命名》《军用光缆填充膏》《光缆总规范 第

22 部分:光缆基本试验方法——环境性能试验方法》《光缆生产厂工艺设计规范》等十多项国家、行业、团体标准制定。其中《光缆生产厂工艺设计规范》《光纤着色油墨》《GTS-6B6+1T+2K-1 型水下拖曳光缆》《全介质自承式光缆》等 9 项标准已颁布实施。

由于技术过硬，季忠早在 2016 年就被中国电器工业协会电线电缆分会聘为专家委员会委员。2018 年又被中国电器工业协会电线电缆分会、中国通信企业协会通信电缆光缆专业委员会、中国电子元件行业协会光电线缆及光器件分会等聘为中国通信光电专家委员会委员。

2021 年 4 月 27 日下午,海门区“匠心逐梦”庆祝“五一”国际劳动节暨第二届“海门工匠”颁奖典礼在海门融媒体中心演播大厅隆重举行。已经担任江苏通光信息有限公司副总工程师的季忠荣膺第二届 “海门工匠”称号。在这样的高光时刻,季忠很冷静,他知道,那不过是他人生的又一个新起点。

这就是季忠,知天命之年仍然憨憨的年轻态的季忠,偶尔还想踢一场足球的奋力奔跑在“通光”路上的季忠!

薛爱民
无声世界中的中国木雕大师

□曹菊

人生感言

命运虽夺走了我的听力，却夺不走我对木雕的热爱。每一次跌倒，都是重生的开始；每一道伤痕，都是成长的勋章。

在艺术的浩瀚星空中，木雕作为一颗璀璨的明珠，承载着千年的文化底蕴与匠人的心血智慧。而有这样一位大师，他在无声的世界里，开辟出木雕领域的崭新天地，将中国书画艺术工笔画技法与传统木雕完美融合，创造出独树一帜的“通派浅浮雕”，他就是江苏紫翔龙红木家具有限公司雕刻大师薛爱民。

走进紫翔龙红木家具展厅，静谧中弥漫着木材特有的清香。顶箱柜上郎世宁的《十骏犬图》，《梅花仙鹤图》《牡丹花仙鹤图》《阿玉锡持矛荡寇图》《八骏马图》大屏风双面雕刻作品，《三阳开泰图》紫檀大挂屏……一幅幅木雕作品仿佛被赋予了生命，动物灵动逼真，花草栩栩如生，让人不禁沉浸其中，惊叹于这鬼斧神工的技艺。

阳光透过窗户，洒在薛爱民专注工作的身影上，他手中的刀具如灵动的画笔，在珍稀名贵木材上轻盈游走，木屑纷飞间，艺术的神韵逐渐浮现。

薛爱民的人生之路，布满荆棘却又充满坚毅。

6 岁时，一场药物过敏的灾难，无情地将他抛入了无声的深渊。但命运的阴霾并未遮住他眼中的光芒，反而点燃了他内心深处对艺术的炽热

渴望。

14 岁，怀揣着对未来的憧憬，薛爱民毅然投身木雕工艺的学习浪潮。初入如皋红木雕刻厂，困难如山般横亘在前。由于无法聆听师傅的言传身教，他只能紧紧盯着师傅手中刀具的每一次舞动，从最基本的握刀姿势，到复杂的雕刻技巧，全凭双眼去捕捉、去领悟。无数次刻坏木材，他眼神中的坚定从未动摇。在苏州、常熟等地辗转漂泊的打工岁月里，他四处寻访木雕名师，一次次叩响师门，他如同虔诚的信徒，凭借着骨子里的执着，打动了一位又一位业界前辈。

在大师们的悉心教导下，薛爱民的雕刻根基越发稳固。回首往昔，他目光深沉，轻声道出自己的格言："命运虽夺走了我的听力，却夺不走我对木雕的热爱。每一次跌倒，都是重生的开始；每一道伤痕，都是成长的勋章。"

近 40 年的雕刻实践，是薛爱民一场漫长而孤独的修行。在岁月的磨砺中，他敏锐地察觉到，传统临摹平面画作的方式难以赋予浮雕震撼人心的立体美感。于是，他背起画板，走向山野丛林，开启了一场与大自然的深度对话。节假日从不休息，一有时间便置身野外，静坐在溪边观察鱼儿游动，潜伏在草丛看野兔奔跑，长时间凝视飞鸟振翅，只为捕捉那些稍纵即逝的灵动瞬间，将大自然的鲜活神韵融入木雕创作。

为了突破浅浮雕技艺，薛爱民开启了长达十年的自学探索之旅。没有老师在旁指导，他凭借着一本本工笔画书籍、网络上零散的资料，在黑暗中摸索前行。遇到难题，一块木材刻废了，再换一块，绝不轻言放弃。在刀具改革的征程上，更是荆棘密布。他深知，"工欲善其事，必先利其器"，

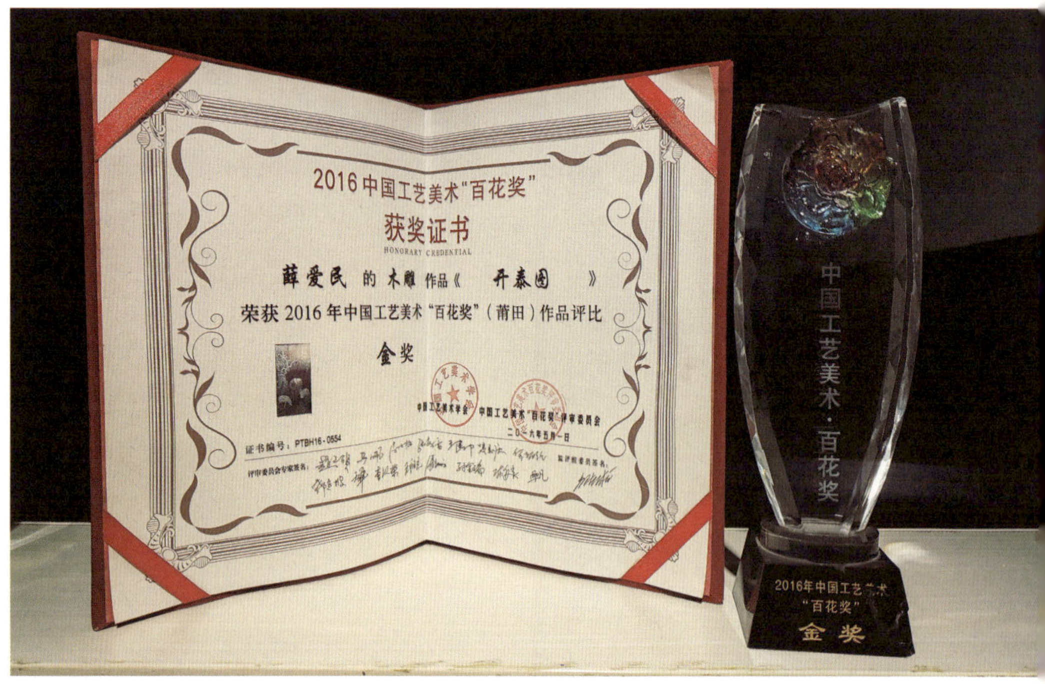

要想实现工笔画面中鸟羽、兽毛的逼真再现，必须革新工具。从最初几把简易的三角刀和平口刀，到如今精心研制的几十把专用工具，背后是数万次的反复操作、精心打磨。他常常为了调整刀具的细微弧度、刃口角度，废寝忘食。功夫不负有心人，他成功申请实用新型专利，其发明的三角刀具能够依据不同体位、毛发走向，完美演绎工笔檀雕工艺，让作品中的动物毛发栩栩如生。

薛爱民还博采众长，将中国书画艺术工笔画技法巧妙融入木雕创作。他的作品构图饱满、线条疏密得当，花鸟鱼虫、飞禽走兽皆刻画得细致入微。中国木雕有着几千年的历史，被大家普遍认识的有四大流派：浙江东阳木雕、福建龙眼木雕、广东潮州金漆木雕和乐清黄杨木雕，风格各异，有圆雕、平雕、透雕、镂空雕、层雕，但像他这般在一幅雕板中以工笔画的精准力求形似、极致注重细节，将动物毛发翎羽雕刻得细密逼真的，实属罕见。他开创性地将常用于飞禽羽毛的檀雕技法运用到动物毛发

上，结合光线的照射产生富于变化的锦缎质感，实现了技术层面的重大飞跃，淋漓尽致地展现出“通派浅浮雕”的独特魅力，填补了浅浮雕领域此前未曾涉及的空白。

薛爱民的木雕作品一经问世，便如璀璨星辰在艺术天空中闪耀，在省市乃至国家级比赛中屡获金奖。

2016 年全国红木春晚现场，更是迎来了他艺术生涯的高光时刻，国务院亚洲经济基金会主任谷振超将“中华木作（雕刻）大师”的奖杯和证书递到他手中。那一刻，全场掌声雷动，人们向这位从无声世界中崛起的木雕巨匠致以最崇高的敬意。

薛爱民并未在荣誉的光环中止步。2010 年，他创办了薛爱民红木雕刻艺术品工作室，从最初仅有两人的小团队，历经九年风雨磨砺，如今已发展成为拥有几十位熟练掌握精细雕刻技术工匠的专业创作基地。2011 年，薛爱民受聘担任江苏紫翔龙红木家具有限公司首席雕刻师，登上了更为广阔的发展平台。

在传承木雕技艺的道路上，薛爱民更是不遗余力。他深知，木雕这一承载着中华民族深厚文化底蕴的古老技艺，需要代代相传、发扬光大。在工作室里，他耐心地用手语向徒弟们传授雕刻技艺，手把手纠正他们的操作失误，将经验毫无保留地分享。他常对徒弟们说：“木雕是有灵魂的，我们手中的每一刀，都是与灵魂对话。你们要用心去感受、去雕琢，传承的不仅是手艺，更是先辈们留下的文化瑰宝。”他还积极走出工作室，走进校园、社区，举办木雕讲座、展览，让更多年轻人了解木雕艺术，感受传统工艺的魅力，为木雕技艺的传承注入源源不断的新生力量。

展望未来，薛爱民目光坚定而深邃。他表示，将继续在木雕艺术的海洋中探索前行，把“通派浅浮雕”技艺打磨得更加精湛，创作出更多震撼人心的作品，让木雕艺术走向更广阔的世界舞台。同时，他将倾尽心力培养更多优秀传承人，让这门古老技艺在新时代绽放出更加绚烂夺目的光彩，生生不息，源远流长。

董明哲
为了让国人睡得更甜更香

□蔡炯

人生感言

从事家纺设计是一段充满创意与温度的旅程，每一次提笔、选色、构图，都在编织人们对“家”的想象。我把对家的爱注入设计中，它不喧哗，却让每一个归家的人，感受到无声的拥抱。

董明哲，一位湖北姑娘，毕业于江西服装学院，机缘让她与家纺设计结下了不解之缘。

2004年，江苏宝缦家纺科技有限公司到她就读的学院招聘，董明哲就递上了自己的简历。不久，江苏宝缦家纺科技有限公司发出了参观他们工厂的邀请，紧接着就正式聘请了她，从此，董明哲走上了家纺设计的道路。2011年4月，她来到伊人岛家纺工作，任研发部经理，带领团队，长期跟画笔、图纸打交道，用色彩与图案扮靓着人们的生活。

家纺设计包括床品、窗帘、地毯、桌布，等等。在设计的过程中，注重实用性、舒适性和美观性，强调材质、色彩、图案和工艺的创新和应用。

董明哲认为，好的家纺设计能够提供舒适的睡眠、愉悦的视觉享受，提升家庭生活的品质。来叠石桥这么多年，从叠石桥只有几排房子的老市场，到如今处处高楼耸立的大市场，董明哲见证了家纺行业的蓬勃发展。家纺设计也经历了从简单到复杂、从实用性到艺术性的演变。现代家纺设计在技术和材质上不断创新，同时注重个性化和定制化的需求，与室内设计、时尚产业等相互融合，呈现多元化的发展趋势。

董明哲在家纺设计领域与时俱进、不断创新，她孜孜以求，常常加班加点，从早上5点工作到晚上七八点是家常便饭；不辞奔波劳累，走访市场，参观兄弟同行工厂，关注市场变化，关注时下流行趋势；夜以继日地伏案设计，在电脑前、图纸上，勾画着美与新颖，以创新创造改变着人们的生活。2023年，她被评为三星镇首届“家纺工匠”，2024年，她被评为三星镇首届文明使者。

家纺产业必须寻求创新发展，才能行稳致远。董明哲带领她的团队，不断创新，让伊人岛走在家纺市场前沿。创新总是相伴着困难挫折，董明哲一步一个脚印，以坚忍不拔的精神攻关克难，让伊人岛不断攀上家纺行业新高度。

做婚庆产品，以前习用的是平绣，显得普通，没有特色，董明哲就开始学做珠片绣加盘带绣产品，但是厂里一无特种绣花机，二无制版师，怎么办？困难难不倒有心人，董明哲就四处寻找绣花厂学习。她找到南通一家大型家纺厂，对方将她拒之门外。董明哲并没有泄气，继续找，最后在叠石桥找到了一家绣花厂，该厂老板介绍了一位制版师，让她终于学到

了这方面的技术,设计出了珠片绣加盘带绣的产品。有了此次学习创新,就有了更多工艺,产品更丰富也更有卖点了。

董明哲团队人手少,产品任务重,设计要求高,不能照旧,要不断更新,有亮点,常常是时间紧,数量大,每次设计都是巨大的挑战。董明哲带领她的研发部团队,迎着困难上,每每开发一件新产品,她们每个人都绷紧弦。每件研发的新产品,多多少少会遭遇质疑。董明哲说,作为设计师,要有强大的内心,要为人坦诚,要能听取各方面的意见,并及时修补自己的不足,对于别人正确的意见,要吸收,但是不能完全听别人的,认准了的事要敢于坚持,否则会失去个性,失去自己的主见。董明哲就是这样,以坚韧的战斗精神攻关克难,在失败中成长,在挫折中蜕变,不断走向成功。

创新才有市场,创新才能发展,董明哲永远走在创新路上。

消费者购买家纺有个规律:远看色彩近看花,摸摸手感再议价。这就说明了色彩设计的重要性。注重色彩的协调与对比,利用色彩心理学原理,营造不同的家居氛围。因此,设计师平时要多关注时尚潮流,将流行色彩融入家纺设计,满足消费者对美的追求。还要通过色彩表达情感,如温馨、浪漫、活力等,使家纺产品更具情感价值。

图案设计要追求审美效果,借鉴传统的纹样,结合现代审美,创新图案设计。也有一些消费者具有很高的鉴赏能力,就需要运用抽象艺术的手法,创造独特的图案,提升产品的艺术价值。这类产品有需求但毕竟是少数,大众喜欢的还是根据不同的主题,如自然、文化、节日等,设计具有故事性的图案。

面料材质的选择是家纺设计面临的一大课题,也是众多面料商一直孜孜不倦研究发展的课题。在每一季的新品开发中,新材料的运用总能给消费者带来惊喜。探索新型纺织材料,如功能性纤维、天然有机材料等,提高家纺产品的性能与舒适度。

绿色环保设计成为家纺行业的重要趋势。关注绿色环保理念,选用可再生、可降解的环保材料,如有机棉、麻、再生纤维等,降低生产过程中的污染,减少对环境的负担。

人性化设计，注重满足人的生理和心理需求。人性化设计在家纺中体现在对尺寸、色彩、图案和功能的细致考虑，如针对不同年龄段、性别或特殊需求的家纺产品，提供舒适、安全和便利的使用体验。

不断追求，不断创新，新的产品被不断研发出来，真是繁花争艳，硕果累累。董明哲研发的凤冠霞帔、赛洛华庭、锦绣之美、华装盛宴、臻爱和鸣、圆舞曲爱恋、缘来是爱、欧若拉、艾米花园、爱巢等作品都获得了著作权登记证书。

董明哲说，她将继续砥砺前行，迎难而上，以只争朝夕的责任感和使命感，勇攀科技探索高峰，攻克核心技术，为国人“睡得更好”做贡献！